共和国的历程

钢 铁 动 脉

粉碎美军绞杀战阴谋

刘 亮 编写

蓝天出版社 吉林出版集团有限责任公司

图书在版编目（CIP）数据

钢铁动脉：粉碎美军绞杀战阴谋／刘亮编写.
—北京：蓝天出版社，2014.1（2023.3重印）
（共和国的历程）
ISBN 978-7-5094-1092-9

Ⅰ．①钢… Ⅱ．①刘… Ⅲ．①革命故事－作品集－中国－当代 Ⅳ.
①I247.8

中国版本图书馆 CIP 数据核字（2013）第 305418 号

钢铁动脉——粉碎美军绞杀战阴谋
编　　写：刘　亮
策　　划：金永吉　荆忠峰
责任编辑：祖　航　梅广才
出版发行：蓝天出版社　吉林出版集团有限责任公司
地　　址：北京市复兴路 14 号
邮　　编：100843
电　　话：010—66983715
经　　销：全国新华书店
印　　刷：北京柏玉景印刷制品有限公司
开　　本：710mm×1000mm　1/16
字　　数：69 千
印　　张：8
版　　次：2014 年 4 月第 1 版
印　　次：2023 年 3 月第 3 次
定　　价：29.80 元

前　言

　　中华人民共和国自 1949 年 10 月 1 日成立以来，已走过了六十多年的风雨历程。历史是一面镜子，我们可以从多视角、多侧面对其进行解读。然而有一点是可以肯定的，那就是，半个多世纪以来，在中国共产党的领导下，中国的政治、经济、军事、外交、文化、教育、科技、社会、民生等领域，都发生了深刻的变化，中国人民站起来了，中华民族已屹立于世界民族之林。

　　这段时间放到整个历史长河中是短暂的，有如弹指一挥间，但它带给中国的却是极不平凡的。六十多年里神州大地经历了沧桑巨变。从开国大典到 60 年国庆盛典，从经济战线上的三大战役到经济总量居世界前列，从对农业、手工业、资本主义工商业的三大改造到社会主义市场经济体制的基本确立，从宜将剩勇追穷寇到建立了强大的国防军，从废除一切不平等条约到独立自主的和平外交政策，从"双百"方针到体制改革后的文化事业欣欣向荣，从扫除文盲到实施科教兴国战略建设新型国家，从翻身解放到实现小康社会，凡此种种，中国人民在每个领域无不留下发展的足迹，写就不朽的诗篇。

　　六十几年在历史的长河中犹如沧海一粟，但对身处其间的个人却是并非无足轻重的。其间究竟发生了些什么，怎样发生的，过程怎样，结果如何，非人人都清楚知道的。对此，亲身经历者或可鲜活如昨，但对后来者却可能只是一个概念，对某段历史的记忆影像或不存在或是模糊的。基于此，为了让年轻人，特别是青少年永远铭记共和国这段不朽的历史，我们推出了这套《共和国的历程》。

《共和国的历程》虽为故事形式，但与戏说无关，我们是想借助通俗、富于感染力的文字记录这段历史。这套丛书汇集了在共和国历史上具有深刻影响的重大历史事件。在丛书的谋篇布局上，我们尽量选取各个时代具有代表性的或深具普遍意义的若干事件加以叙述，使其能反映共和国发展的全景和脉络。为了使题目的设置不至于因大而空，我们着眼于每一重大历史事件的缘起、过程、结局、时间、地点、人物等，抓住点滴和些许小事，力求通透。

历史是复杂的，事态的发展因素也是多方面的。由于叙述者的视角、文化构成不同，对事件的认知或有不足，但这不会影响我们对整个历史事件的判断和思考，至于它能否清晰地表达出我们编辑这套书的本意，那只能交给读者去评判了。

这套丛书可谓是一部书写红色记忆的读物，它对于了解共和国的历史、中国共产党的英明领导和中国人民的伟大实践都是不可或缺的。同时，这套丛书又是一套普及性读物，既针对重点阅读人群，也适宜在全民中推广。相信它必将在我国开展的全民阅读活动中发挥大的作用，成为装备中小学图书馆、农家书屋、社区书屋、机关及企事业单位职工图书室、连队图书室等的重点选择对象。

编　者

2014 年 1 月

目 录

目 录

一、 加强保障

● 毛泽东对洪学智说："你们打的是武装到牙齿的敌人，每打一仗都要很好地总结经验。"

● 洪学智指出："后勤对各种战争物资能否及时运输供应，以保证作战部队的需要，在战争中起着更重要的作用。"

● 后勤人员听了周纯全政委的话后坚定地说："对，我们来个反绞杀，绝对不能让美国鬼子的阴谋得逞！"

志愿军加强后勤保障

1951 年 4 月底，洪学智风尘仆仆地从朝鲜前线来到北京中南海。

此时，抗美援朝战争第四次战役刚刚结束。

这次战役，中国人民志愿军和朝鲜人民军共歼灭"联合国军"7.8 万余人，掩护了新入朝志愿军部队的开进、集结和展开，为下一次战役的准备赢得了时间，并初步取得了在装备先进的"联合国军"进攻面前实施防御的经验。

虽然取得了战役的胜利，但在这期间暴露出的问题也不少，其中最为突出的是后勤保障问题。

从兵力上看，美军平均 13 个后勤人员供应一个兵，志愿军则是一个后勤人员大体要供应 35 个兵。

美军一个团的火力都强于志愿军一个军的火力，加上美军拥有几乎是绝对的制空和制海权，志愿军后勤工作在大多数时候只能在夜间进行。

所以，后勤供给极为困难。

在战斗中，志愿军的枪弹、粮食常常难以为继，非战斗减员也相当严重，这些都严重地制约着前线的作战行动。

抗美援朝第四次战役期间，是志愿军后勤最困难、最艰苦和最复杂的时期，也是志愿军广大指战员忍饥挨饿最多、人员损失最严重的时期。

洪学智原是中国人民解放军第十五兵团副司令员兼参谋长，1950 年 10 月被任命为志愿军副司令员。

上任后，他把主要精力放在了后勤上，因此，他对后勤中存在的问题非常明了。

这次从前线回国，洪学智就是想向中央军委提出一个解决后勤问题的办法。

在中南海的西花厅，洪学智向周恩来汇报了志愿军的情况。

洪学智对周恩来说："彭总让我向您汇报一个重要问题。"

周恩来说："什么问题？"

"成立志愿军后方勤务司令部。"洪学智脱口而出，这个问题已经在他心里勾画很久了。

这个问题立即引起周恩来的关注："说说你们的想法。"

洪学智对周恩来说："现代战争是立体战争，不但覆盖地面、空中和海上，还在前方、后方同时进行。美国对我后方实施全面轰炸，就是在我们后方打的一场战争。后勤要适应这一特点，需要防空部队、通信部队、铁道部队、工兵部队等联合作战，更需要一个后方战争的领导机关后勤司令部，以便在战斗中进行保障，在保障中进行战争。"

加强保障

周恩来点了点头说："你们对现代战争的认识又深入了。你提的这个问题军委也有所考虑。这样，你提个报告上来，军委讨论一下。"洪学智答应了。

接着，周恩来亲切地说："你准备一下，准备劳动节的时候上天安门观礼。"

洪学智看了看身上的旧军装："这样不太合适吧！"

周恩来说："我让后勤部给你做一套新的。"

5月1日，在周恩来的安排下，洪学智登上了天安门城楼。

作为抗美援朝战争开始后第一个归国参加重大活动的志愿军代表，洪学智观摩了盛大的庆五一群众游行。

在天安门城楼上，毛泽东、刘少奇、朱德、陈云、聂荣臻等中央领导关切地围住了洪学智。

毛泽东对洪学智说："你们打的是武装到牙齿的敌人，每打一仗都要很好地总结经验。"

朱德也说："你们打的是一场真正的现代化战争。"

3天后，洪学智赶回朝鲜，亲自起草了志愿军《关于供应问题的指示》。

在"指示"中，洪学智写道："后勤工作是目前时期我们一切工作中的首要环节。"

虽然洪学智一直管志愿军后勤工作，但当时他打心眼里不想把后方勤务司令的职务揽到自己身上。

洪学智提出让志愿军副司令韩先楚管后勤，自己到前线督战。

当天晚上，洪学智收拾好行李，让司机把车发动起来，就来向彭德怀辞行。彭德怀一听，脸色顿时阴沉下来，说："后勤还是你管。"

这样，洪学智被"强留"了下来。

第五次战役后期，中央军委专门派总后勤部部长杨立三、副部长张令彬，空军司令刘亚楼和炮兵司令陈锡联等同志到朝鲜志愿军司令部具体了解后勤困难，研究如何在反"绞杀战"中加强对志愿军后勤的支持。

彭德怀对他们说："现在最困难、最严重的问题就是后勤供应问题，就是粮食供应不上、弹药供应不上的问题。要解决这个问题就要加强后勤建设。而当务之急呢，就是要迅速成立志愿军后勤司令部，不解决这个问题，其他的问题都不好解决！"

杨立三、刘亚楼等人认为，彭总的意见很有道理。回去后，他们迅速向毛泽东、周恩来等军委领导作了汇报。

军委迅速发出指示，决定"在安东与志愿军司令部驻地之间，组织志愿军司令部的后勤司令部"。

为贯彻军委的指示，1951 年 5 月 14 日晚，彭德怀召集志愿军党委常委邓华、洪学智、韩先楚等人开会，研究志愿军后勤司令部的机构设置、干部配备等问题。

彭德怀开门见山地说："有一个事情，咱们得先定一下。中央决定成立后勤司令部，说'后勤司令部'在志愿军司令部首长的意图和指挥下进行工作。现在中央又

加强保障

给我发来电报，要求志愿军后勤司令部司令要由志愿军一个副司令兼任。现在我们就先定一下，谁来兼这个后勤司令。"

洪学智一听彭德怀这话，就预感到八成得由自己来兼任了，因为一到朝鲜，后勤就是由自己来兼管的。

志愿军的副司令员一共 4 人，朴一禹是朝鲜人不能兼任，邓华和韩先楚原来也都没分管过后勤，只能是洪学智兼任了。

在大家的劝说下，洪学智看实在推辞不掉了才说："如果非要我兼任，得让我讲个条件。"

彭德怀问："什么条件呀？"

洪学智说："第一个条件是，干不好早点撤我的职，早点换比我能干的同志。第二个，我是个军事干部，愿做军事工作，抗美援朝完了，回国后不要再让我搞后勤了，我还搞军事。"

彭德怀笑了："我当是什么条件呢，行，答应你，同意你的意见。"

5 月 19 日，中央军委作出了关于加强志愿军后勤工作的决定：

1. 立即成立志愿军后方勤务司令部，负责管理在朝鲜境内之一切后勤组织与设施；

2. 志愿军后方司令部，直接受志愿军首长领导；

3. 加强各大站及军、师、团各级后勤工作的领导。各分部副部长兼任各大站站长，军师团后勤部、处长由军师团副职兼任；

4. 凡过去配属志愿军后方勤务部之各部队，统归志愿军后勤的建制序列。

根据这一决定，志愿军后勤司令部于 6 月成立，志愿军副司令员洪学智兼任后勤部长，周纯全任政治委员。

志愿军后勤司令部的成立恰逢其时，为迎接即将到来的美军实施"绞杀战"的严峻挑战，做好了组织上的准备。

1951 年 7 月，美军趁朝鲜北方发大水的机会，对我后方发动了"空中封锁战役"，想把志愿军的后方运输线彻底切断。

得知这一情报后，彭德怀对洪学智说：

敌人要把战争转到后方了，这是一场破坏与反破坏、绞杀与反绞杀的残酷斗争，前方是我的，后方是你的，你一定要打赢它！

加强保障

洪学智首先加强了后勤部队建设。

在他的领导下，到当年 10 月，志愿军后勤司令部直属部队发展到 6 个分部、28 个大站、4 个警卫团另 9 个营、13 个汽车团、27 个辎重团、3 个公路工程大队、39

个兵站医院、3 个通信营、8 个运输营，以及 3 万多民工，共 18.2 万余人；另外还配属有公安第十八师、步兵第一四九师以及 6 个工兵团和 11 个高炮营，总人数达 22 万余人。

在美军每天出动 900 多架次飞机疯狂轰炸的情况下，洪学智等领导志愿军后勤部队，发明了片面运输、顶牛过江、合并转运、水下桥等巧妙的运输战术，建立起了一条比较正规化、统一的网状战斗化后勤体系。

这些举措都为战胜美军的"绞杀战"奠定了坚实的基础。

洪学智部署后勤保障任务

1951 年 8 月中旬到月底，肆虐的洪水和美军实施的"绞杀战"使志愿军和朝鲜人民军的后方运输处于极其困难的境地。

针对严峻的形势，志愿军后勤司令部司令员洪学智，领导志愿军后勤指战员浴血奋战，在没有制空权和频繁遭受洪水袭击的情况下，建立起了"打不断、炸不烂、冲不垮"的钢铁运输线，粉碎了美军策划的"绞杀战"，保障了前线作战的物资供应，为夺取战争胜利起了重要作用。

洪学智在部署任务时指出：

> 战争的胜负，很大程度上取决于有无大量的战争物资来满足诸兵种的需要。我们在朝鲜战场上作战，既不能就地取给，又不能取自于敌。因此，后勤对各种战争物资能否及时运输供应，以保证作战部队的需要，在战争中起着更重要的作用。

加强保障

洪学智希望运输处要克服一切困难，坚决完成保障供应任务。

原来，中国人民志愿军自从 1950 年 10 月入朝参战以来，和朝鲜人民军一起沉重地打击了以美国为首的"联合国军"。美军精锐部队骑兵第一师、陆战第一师遭受重创，甚至有的部队成建制地投降。其仆从国的军队土耳其旅、英国来复枪团和重坦克团也都损失惨重。

志愿军英勇顽强的作风和机动灵活的战术使"联合国军"感到，和这样的对手打仗，是"在错误的地方和错误的对手打仗"，于是想用谈判来获得喘息的机会，妄想得到战场上得不到的东西。

为配合实现其谈判企图，停战谈判开始后，"联合国军"总司令李奇微命令美国远东空军司令威兰："在此谈判期间，应采取行动以充分发挥空中力量的全部能力，取得最大的效果，来惩罚在朝鲜任何地方的敌人。"

刚刚走马上任的威兰施展出浑身解数，想解除美军的困境，他提交了一份让李奇微非常兴奋的报告。

8 月，美军制定了"空中封锁交通战役"，又称"绞杀战"计划，妄图用 3 个月的时间摧毁朝鲜北部的铁路系统，尽可能使志愿军"铁路运输陷于完全停顿的地步"，企图切断志愿军和人民军的后方补给线，割裂志愿军和人民的前后方联系，窒息中朝联军的作战力量，从而对中朝施加军事压力，配合停战谈判。

为此，美国空军把封锁交通线作为首要任务，出动了大部分战斗轰炸机和全部战略轰炸机执行这个任务。

到了 10 月，美国投入战场的各类飞机已经达到 1100

多架，其中仅用于轰炸破坏志愿军交通枢纽、道路桥梁和运输车辆的飞机就占总数的50%以上。

不久，这个数字猛增至1700多架，其中包括美军当时最先进的F－86型喷气式战斗机和可携带千磅炸弹的B－26、B－29型战略轰炸机。飞机的数量不仅进一步增加，而且作战性能也大幅度提升。

而志愿军入朝初期，既没有空军的支援，又缺少防空武器。1950年年底以前，防空部队只有一个高射炮兵团，第一批入朝的6个军只有18挺高射机枪。美国空军在朝鲜的天空上横冲直撞，肆无忌惮，甚至敢擦着志愿军的头顶进行袭扰。到第四次战役结束时，虽然志愿军的防空力量有所改观，但主要配署给战斗部队。

另外在1951年7月下旬，朝鲜北部发生40年不遇的特大洪水，四处泛滥的洪水一直肆虐到8月底。洪水冲毁了50%的公路和桥梁，运输线路被冲毁达116处次。有的道路中断运输最长时达到45天，最短的也有13天。志愿军后勤主要物资集散地三登地区成了汪洋泽国。安州、鱼波车站及平壤附近地区全部遭洪水淹没。

这给美军实施"绞杀战"提供了绝好的趁火打劫的机会。8月中旬，美军飞机加紧实施"绞杀战"，重点轰炸铁路和桥梁，对还可以通车的线路逐一轰炸。

美军在集中轰炸封锁铁路的同时，对公路和运输车辆的轰炸也变本加厉。

从9月开始，美军飞机逐渐将轰炸的重点转向清川

加强保障

共和国的 **历程** · 钢铁动脉

江以南的新安州、价川和西浦的"三角地"。这个地区是朝鲜北部铁路运输的咽喉，是联结从汉城到新义州铁路、顺川到满浦铁路、平壤到元山铁路的枢纽，所处的位置十分重要。

美军知道，"三角地"一旦被破坏，朝鲜南北、东西的铁路运输将同时中断。而且，因为朝鲜南北主要公路干线多与铁路平行、交叉，只要铁路中断，公路也将随之中断。

因此，美军平均每天出动飞机5批100多架次，集中对从汉城到新义州铁路线的鱼波到新安州段，顺川到满浦铁路的顺川到价川段进行轰炸，并逐步压缩轰炸范围，最后在顺川到万城之间的317到318公里间的一公里地段，以及龙源里到泉洞的29公里处一个点上连续反复轰炸。美军企图在这两个点上造成深度破坏，使志愿军和人民军无法修复，从而达到切断运输供应的目的。

9月到12月，美军在"三角地"仅73.5公里的线路上，共投掷炸弹3.8万多颗，使这个地区在4个月中有80%的时间不能通车。铁路由过去的时断时通，变成了多断少通。

在美军发动"绞杀战"的时候，志愿军的后勤保障还十分薄弱。入朝初期，志愿军后勤人员总数不到7000人，而且这些人是临时抽调的，领导机构是东北军区后勤部派出的前线后勤指挥部，普遍缺乏现代化后勤保障工作的经验。

在铁路运输不通的情况下，志愿军所需的作战物资只有靠为数不多的汽车运输。汽车顶着炸弹运输，不仅损失较大，而且运输效率也非常低。这远远满足不了前线的作战需要。

随着志愿军和人民军战线迅速向前推进，后方的运输线也随之延长。在美军的轰炸下，志愿军的物资供应问题越来越突出，以致影响到作战效能的发挥。

面对鸭绿江北岸的物资堆积如山，而前线的志愿军将士们却因为粮弹接济困难而忍受饥饿寒冷和弹药短缺的严峻形势，志愿军后勤部按照洪学智的指示，全体同志细化任务，进行了明确分工，讨论了具体措施，并对怎样打破美军的"绞杀战"，胜利完成任务进行了认真的研究。

大家群情激昂，一致表示，绝不辜负祖国和人民的期望，努力做好运输保障工作，无论多大的困难、多难的险阻，也要坚决完成运输任务。

加强保障

志愿军展开反绞杀战

1951 年 7 到 8 月间，以美国为首的"联合国军"对中朝军队实施疯狂"绞杀战"，与此同时，罕见的大雨也为前线作战的后勤保障带来极大不便。志愿军后勤部队经过动员，都精神百倍地投入到反"绞杀战"中。

为了扭转后方运输和物资供应的被动局面，志愿军后方部队在集中力量进行抗洪斗争的同时，开始了反"绞杀战"的斗争。

当时铁路各线桥梁随修、随冲、随炸，断的时间多，通的时间少，铁路运输能力急剧下降。

美军实施"绞杀战"的消息在后勤部传开后，一开始许多后勤人员不明白什么是"绞杀战"。他们问周纯全政委："周政委，这'绞杀战'是否像绞肉馅一样，要把我们绞碎？"

周纯全曾经上过抗日军政大学，也担任过抗日军政大学第一分校的校长，对战史懂一点。他笑了笑说："你们理解的意思倒不算错，但那只是敌人的妄想！'绞杀战'一词来自第二次世界大战时期，那时盟国空军在意大利境内以德军使用的铁路为主要攻击目标，发动空中袭击。他们称此为'绞杀战'。"

周纯全继续说："现在美军感到他们对北朝鲜的空中

封锁和交通线的轰炸，与当年的盟国空军相类似，所以也把他们的这次军事行动称为'绞杀战'。它要绞杀，我们就反它的绞杀！"

"对，我们来个反绞杀，绝对不能让美国鬼子的阴谋得逞！"听了周纯全的话，后勤人员都坚定地说。

其实志愿军对美军发动的"绞杀战"早有警觉。在第一次和第二次战役进行时，彭德怀就对后勤补给倾注了极大的精力。他指示后勤部门一定要抓好运输，增加兵力，集中保证前线的粮弹供应。在极为困难的条件下，志愿军后勤部门积极行动，采取一切办法增调人员和车辆，解决运输力量不足的问题。

为了对付美军对铁路、公路的封锁和破坏，逐步改善运输状况，志愿军不断增加抢建抢修力量。

铁道兵部队增加到了4个师又1个团，还有一个援朝铁路工程总队，工程兵部队也已经增加到8个团又2个营。

志愿军第九兵团的二线部队也投入到了开辟新公路的战斗中。美军实施"绞杀战"后，中央军委又从国内调集了一批老后勤兵和司机支援。

仅仅被动地挨炸是不够的，因此，志愿军在调集抢修力量的同时，还调集了防空部队部署到交通线上。集中了高射炮兵1个师又2个团另6个营，用于掩护交通运输的进行。

9月15日，中央军委作出加强铁路及江桥方面防空

加强保障

力量的决定。根据这个决定，志愿军于 9 月下旬又抽调高射炮兵 1 个团、11 个独立营和 6 个高射机枪连，加上原来部署在铁路运输线上的高射炮兵，在铁路线上组成了 4 个防空区。

从 10 月中旬开始，陆续抽调高射炮兵部队加强了对铁路运输线的掩护力量。到 12 月，担任掩护铁路运输的高射炮兵部队已经达到在朝鲜高射炮兵部队总数的 70%，其中三分之二的兵力部署在"三角地"。

为了统一指挥作战，12 月，志愿军又成立了铁道高射炮兵指挥所。

志愿军空军参战后，被部署到靠近交通线的重点区域，集中抗击美军飞机的轰炸。

为打破美军对"三角地"的重点封锁，从 9 月开始，志愿军空军奉命担负起保护平壤以北主要交通线和掩护安川地区机场修建的任务。

通过一番调兵遣将，志愿军后勤兵力从入朝初期的一个后勤兵保障 35 个战斗兵，上升到一个后勤兵保障 6 个战斗兵。这为取得反"绞杀战"的胜利打下了坚实的基础。

二、 空炮协同

● 防空哨的哨兵庞林举起步枪，"砰砰砰砰" 4 发子弹就打得美机着了火，"轰隆" 一声栽到地上爆炸了。

● 在美军飞机飞行航线的前方，出现了一道由 60 发炮弹组成的宽 1500 米、高 250 米的火墙。

● 李永泰迅速操纵飞机左转弯上升，准备占位反击。突然飞机一阵剧烈抖动……

志愿军设立防空哨

1951 年 3 月的一天，志愿军后勤部政委周纯全来到后勤一分部和三分部驻地检查工作。

在部队驻地，周纯全听到几声清脆的枪声，刚要问是怎么回事，就看见公路上的汽车有的停下来就地伪装，有的开进附近的隐蔽所。眨眼间，公路上排成一条长龙的汽车队就消失了。

原来，这是部队设置的对空监视哨，又叫防空哨。防空哨是我军在没有制空权的情况下，为保卫运输线而采取的创举。

抗美援朝战争初期，由于美机对我交通运输线进行严密封锁，而我空军部队少和防空力量较弱，所以不能掌握制空权。这样，战地后方的交通运输，物资装卸和修筑桥梁、道路等都不得不在夜间进行。

为防止暴露目标，夜间行车时不能开灯。所以，汽车前进的速度很慢，车队运输效率极低。这不仅严重影响了对前线部队的物资补给，而且夜间闭灯行车，撞车、翻车、堵车等事故也时有发生。

为了解决在美机威胁下，汽车能夜间开灯行驶这个大难题，志愿军防空兵干部战士在实践中，针对美军飞机的特点，总结出了设立防空哨的办法。

当时，美军在朝鲜战场上夜间使用的多是 B-26 等亚音速飞机。这种飞机未临空时，在一定距离上就能听见马达声。

针对这个特点，志愿军的官兵们在公路运输线上每隔一定距离设一个防空哨，以监视美军飞机活动。每个哨位一般由 3 到 5 个人组成，哨间距离在 1.5 到 2 公里，桥梁、渡口及交通枢纽地段适当加强。

防空哨只要听到美机的声音就立即鸣枪报警，公路上正在行驶的汽车则马上熄灭灯光。这样，美机就无法凭借灯光找到目标了。

待美军飞机飞过去后，防空哨就吹哨子或敲炮弹壳向过往汽车发出解除警报信号，汽车又恢复开灯行驶。

这个办法很有效。在志愿军普遍设立防空哨后，美机整夜在公路线上巡逻却始终找不到目标。美军一时不知是怎么回事，还以为我军的汽车都安装了雷达。

防空哨的显著作用是解决了汽车夜间运输的效率和安全问题。汽车部队在有防空哨的公路上就可以开大灯快速行驶，防空哨使司机有了"耳目"，解除了顾虑，运输效率显著提高，行车事故及车辆损失也大为减少。

周纯全感到这个办法不错，于是很快加以总结，在其他单位进行了推广，使它很快遍及整个运输线。最多时，仅由志愿军后勤负责的 2800 公里的运输线上就设置防空哨 1568 个，使用兵力达 11 个团。

为了使汽车听到报警或遇到轰炸时有地方可隐蔽，

志愿军后勤部队还投入大量人力、物力在主要运输线路两侧构筑了许多汽车掩体，最多时达到8969个。防空哨与掩体相结合，大大提高了汽车运输的安全系数。

防空哨在发展中，任务也渐渐得到了"扩充"，由开始时的专门对空监视美机，发展成为既监视美机，又打低飞的美军机，以及指挥交通、维修道路、救护车辆、清剿匪特和接待过往人员等多种勤务。

一次，防空哨的哨兵庞林，见美军的飞机嚣张得不可一世，紧挨着山头飞行。他气得骂了一句："他妈的，太欺负人了！"说着举起步枪，"砰砰砰砰"4发子弹就打得美机着了火，"轰隆"一声栽到地上爆炸了。

这个惊人的战果震惊了全军。由此，志愿军后勤部开始号召后勤分队普遍建立起对空射击小组，以步枪和轻机枪组成火力网，广泛开展群众性的打击低飞美军飞机的活动。这有力地挫伤了美军的嚣张气焰，使他们再也不敢低飞滥炸了。

1951年8月中旬开始，美军出动大量飞机对朝鲜北部铁路、公路干线和交通枢纽实施了历时一年的"空中绞杀战"。

此时，我军防空哨已经由专门的部队承担。从1951年12月开始，公安军十八师所属3个团接受了担任防空哨的任务，在朝鲜西线和中线长达1318公里的公路运输线上指挥来往车辆，防止美机空袭。

为了粉碎美军的"绞杀战"，十八师官兵与兄弟部队一起，在朝鲜人民的大力支援下，同美军的"绞杀战"进行了艰苦的卓有成效的斗争。

执勤人员不论是刮风下雨还是酷暑严寒，都坚持在美机、美特威胁下，冒着生命危险，彻夜坚守在岗位上，警惕地监视着天空，注视着地面，指挥着来往车辆。

他们为了及时发现美机，在零下30摄氏度的严寒天气也卷起帽耳，认真倾听飞机和汽车的声音。有的士兵耳朵冻起了疱，脸上冻破了一层皮，但仍坚持执勤，毫无怨言。

不久，美军终于知道了我军夜间行车的秘密，就对防空哨实施轰炸。但执勤战士们不怕牺牲，英勇顽强地与美军展开斗争。

有的哨兵被美机轰炸掀起的泥土埋住，爬起来继续执勤；有的哨兵中弹后依然鸣枪报警，用生命保卫运输线；还有的哨兵用步枪向美机射击，击落了美机。

哨兵们的艰苦工作结出了丰硕的成果。志愿军政治部主任杜平同志在《在志愿军总部》一书中，对防空哨的作用有这样生动的记述：

空炮协同

这时，我后方运输已大为改观。每当夜幕笼罩，朝北大地便成了我们的自由天下，蜿蜒在原野和群山中的漫长公路上，成队成队的汽车，从四面八方会聚，车灯时明时暗，整夜川流不息，蔚为壮观。

夜间行车，每隔一段距离，就设有一个志愿军后方部队的防空哨，敌机来时，就向空中放一枪，一个岗哨放了枪，附近的岗哨跟着也放起来。这时，正在行走的汽车，听见枪声，马上就闭灯行驶，那条漫长的电光的巨流，一下子全部熄灭。敌机过后，哨子一响，那条电光的巨龙一下子又闪亮了。

当我乘车行驶在这条被人们誉为钢铁运输线的交通线上时，感慨颇多。我们的后方运输战士为保障前线供应，付出了多少辛劳、多少血汗啊！在这条炸不烂、打不断的运输线上，又凝集了后勤战士多少聪明才智呀！

在长达2500公里的主要干线上，设置哨组1308个，创造了现代战争史上的一项蔚然奇观。在我防空能力薄弱的情况下，正是这些防空监视哨保证了夜间汽车运输的安全，使粮弹源源不断地运向前沿阵地，为持久作战提供了物质基础。

据志愿军后勤司令部统计，由于普遍设立了防空哨，公路运输效率提高了70%以上。

防空哨这一新生事物的出现，受到了彭德怀等志愿军首长的高度重视和大力支持。

为使防空哨更加有效，在志愿军司令部的领导下，十八师采取了一系列有效的措施：

一是将防空哨升级为防空哨组；二是配发必要的装备；三是建立专责制；四是调整力量，充实一线连队；五是开展"百日无事故运动"，树立为运输服务的思想。

防空哨的作用，还引起了毛泽东的重视。毛泽东在中央人民政府委员会第二十四次会议上，赞扬朝鲜战场上志愿军公安部队创造的防空哨说：

> 战争的头一个月，我们的汽车损失很大。怎么办呢？除了领导想办法以外，主要是靠群众想办法。在汽车路两旁用一万多人站岗，飞机来了就打信号枪，司机听到就躲着走，或者找个地方把汽车藏起来。同时，把汽车路加宽，又修了许多新汽车路，汽车开过来开过去畅通无阻。这样，汽车的损失就由开始时的40%，减少到百分之零点几。

空炮协同

空炮协同保卫江桥

1951 年 3 月初，东北军区防空兵五〇六团由本溪调至辽东省宽甸县长甸河口，担负掩护上河口村至朝鲜清水镇一段的鸭绿江铁路大桥和江上浮桥的任务。

鸭绿江上有 3 座铁桥：安东、辑安和长甸河口。防卫长甸河口大铁桥，不单是保卫交通要道，还要配合兄弟部队保卫水丰发电站。所以，五〇六团的防区是主要的空战区之一，空中情况比较多，也比较复杂。

此时，美军的轰炸次数和规模一天比一天增强。

接到这个任务后，五〇六团领导感到，这个任务是个非常艰巨而又光荣的任务。为了完成好这个任务，团领导决定，先由参谋长苗树人带领团司令部干部和各营营长前去勘察阵地。

鸭绿江铁路大桥和江上浮桥的两岸，都是高山峻岭，这里山峦起伏，地势险峻。鸭绿江的北岸是宽甸县的上河口村和下河口镇，南岸是朝鲜的清水镇。

在这样复杂的地形地貌条件下勘察，要花费很多时间。为此，参谋长苗树人带领大家开动脑筋。

大家经过商量，决定采取"普遍撒网，重点抓鱼"的办法，把整个勘察过程分普遍勘察、细微勘察和定点勘察三个阶段。

开始时，苗树人带领团机关司、政、后各部门的干部进行了4天的普遍勘察。

同志们爬山越岭，披荆斩棘，用双脚踩出一条弯弯曲曲、起伏不平的山路。这里比较偏僻，荒无人烟，常有野鸡和各种鸟突然飞来。

普遍勘察后又进行了3天的细微勘察。

在进行细微勘察时，要研究"占山为王"的问题，哪一个炮连占哪一个山头，要让营里干部心中有数，以便他们根据任务要求，对连里干部做思想工作。

这次勘察所走的路虽然少了一点，可是在山头蹲的时间比较长。

最后3天是定点勘察，要落实各个炮连的阵地。这时出现了新的问题，大家都想占领高山头，站得高才能看得远，能及早发现美机，打击美军的机会就会多一点，胜利的把握就大一些。

针对这个问题，团领导从全局出发，对团里的干部进行说服教育。团领导向同志们讲清战术原则，说明战术要求不能都占领高山头，要求大家树立全局观念，要从全团出发，互相配合，共同争取对美军斗争的胜利。

经过一番工作，各级干部们都安下心来接受了团里的安排。

勘察地形之后，团领导们又根据美军轰炸机进袭的参数，计算出战斗航路环带。又根据地形判断美军战斗轰炸机的进攻方向，按照要地防空战术要求，根据"两

空炮协同

个密集"，即战斗航路环带上火力密集和主要方向上火力密集，打击美军飞机偷袭点的原则，把各中、小高炮连部署在大桥南北两侧的山头上。

由于部署恰当，符合战术要求，为以后有力打击来犯美机，确保守卫目标的安全创造了条件，奠定了对空作战胜利的基础。

把高射炮架在高山上，可以说是个非常好的打击美机的办法。山上射界开阔，在那里既可以仰射高空的美机，也可以俯射低空的美机，而且视野良好，很早就能发现美机来袭。

但是，办法虽然好，把数吨重的高射炮弄上险峻的高山可就不容易了。高炮团面临的困难是，既没有汽车路，又没有工程兵给搞修建，一切都得靠自己动手。

为了修出一条可以通行汽车的路，全团所有的劳动力，从机关干部到家属都上山开路。战士在前边开山，干部和家属在后边平路。

路修好后，各营便组织炮连上山。虽然有了路，但把沉重的高射炮推上山还是很吃力的。团里调来几辆大卡车，把高射炮往山上拉，但有时候卡车也拉不上去，就只好靠人在后面推。

有时为了一门高炮上山，用一两辆大卡车往前拉，后边还有许多炮手往前推。就这样，硬是将一门门炮拉进了阵地。

二营五连的阵地设在高山上，山势险峻，无路可走。

为了按时完成任务，五连官兵们发扬"蚂蚁啃骨头"的精神，把高射炮化整为零，拆开了往山上运。他们组织全营人员硬是把全部火炮器材一门一门、一件一件地拉到了高山顶上。

由于全团同志的共同努力，全部火炮和观测仪器上山、定位，只用了很短的时间。

全团各连进入阵地后，迫切要求解决的是吃饭、睡觉问题。炊事员们主动上山，在山坡上找石块垒起炉灶，支上行军锅，做好饭，炒好菜，送上阵地。

但是睡觉的问题不好解决。朝鲜地处东北亚，四季明显，早晚温差也大。在严寒的冬天，山顶上的气温常常在零下30摄氏度左右；而酷热的夏天，山上的温度则高达30摄氏度左右，而且还有蚊虫叮咬，毒蛇出没。

为了解决这一问题，后勤处的同志急得团团转。

有一天，苗树人忽然发现鸭绿江水中有大个的原木。原来，三四月是这里的枯水期，水一浅，江中就露出许多大的原木。

这个发现让苗树人喜出望外，这不是天赐的建筑材料吗！正好可以用来盖房子，解决部队的住宿问题。于是，全团各营、连便派出战士到江里把木头捞上来。后勤处派人借来锯子并雇用了工人，在鸭绿江边搭起了木板房和半地下室的指挥所，还搭盖了一个能容纳300多人的礼堂。

就这样，连队阵地上的宿舍、指挥所和团部礼堂，

空炮协同

没有向上级要一分钱，就解决了。

1951 年 4 月，高炮五〇六团做好了一切战斗准备，按照上级要求正式担负保卫长甸河口鸭绿江桥的防空作战任务。

1951 年 5 月，美帝国主义侵朝空军的破坏重点，转向朝鲜后方交通线以后，鸭绿江一线的战况逐渐缓和。

9 月，志愿军空军开始担负东北地区的防空作战任务。高炮部队便加强了与歼击机航空兵协同作战的训练，制订了各种情况的空、炮协同作战方案。

1952 年 1 月，美国侵略者在其军事、政治上遭受惨败之后，公然违犯国际公约，在朝鲜开始进行灭绝人性的细菌战。2 月以后，美军把细菌战扩大到我国东北地区。3 月，美军飞机在鸭绿江一线的活动比较频繁，经常侵入我国内地上空进行侦察和轰炸。

4 月 13 日和 23 日，高炮五〇六团连战连胜，取得了击落美机 4 架的成绩。

1952 年 4 月 13 日，天气晴朗，碧空如洗，能见度极好。团领导根据以往的经验判断，今日可能有空战。在团指挥所担任值班的苗树人根据团领导的指示，要求全团提高警惕，充分做好空、炮协同作战的准备。

9 时 10 分，在团阵地北方上空我国境内，发现美军 4 架 F-86 型战斗机与我方两架米格-15 型飞机相遇。在实力相差的情况下，我战鹰发扬临危不惧、英勇顽强的战斗精神与敌机展开激战。

9 时 15 分，我方长机向**美战**机猛烈攻击后，果断撤出战斗返航。一架美机受轻伤后，在另 3 架美机的掩护下，向南偏西方向逃去。

苗树人判断美机企图返航，或企图飞越鸭绿江上空，即便坠落也要落在朝鲜境内，以逃避其侵略我国领空的罪责，于是当即下令高炮射击。

高炮五〇六团一、三连火炮仪器早已瞄准跟踪，第一个齐放即命中这架敌机。只见美机冒着浓烟，坠落在我阵地西北 9 公里处的长甸乡黄花沟附近，落地后爆炸起火。在 100 多米的范围内，到处都是美机的残骸和碎片，美机的机号为 0636，美军少校驾驶员跳伞后坠地毙命，其余 3 架仓皇逃窜。

这次战斗，首创击落美机于国境以内的辉煌战绩，使美帝国主义的侵略罪行暴露无遗。因此，军委通令嘉奖该团并发给匾额一块。战地摄影组赶来拍摄了新闻纪录影片。

这次战斗，极大地鼓舞了全团的战斗意志，为以后继续夺取对空作战的胜利提供了经验。

4 月 23 日晨，朝鲜清水镇地区上空有雾。6 时 20 分，远距离雷达报告：在保卫目标西南方向 80 公里处，发现一批美机，高度 8000 米，正向我保卫目标飞行。

苗树人在团指挥所，当时判断美军之企图是气象侦察。为防止美机突然袭击，遂令部队转入一等战备，并通知西南方向的远方监视哨注意观察。

空炮协同

6时24分，远方监视哨报告"飞机临近"。

部队遂向西南方向搜索。

25分，二连发现美军F-86战斗机4架，高度6000米，由南向北飞行。当美军飞机距离我保卫目标约10公里时，各连射击准备完毕。

此时，有一列火车由清水镇车站出发向西行驶。美机发现该列车后，立即降低高度，隐蔽于东南方向的山区。

团指挥所指挥员苗树人判断敌机有袭击保卫目标的企图，即令部队注意监视东南方向低空情况。

6时27分，美机分为两批，每批两架，其中前两架从东南方向山谷中突然出现，以500米的高度顺江直冲铁桥而来，并向行驶在铁路上的列车扫射。

二连和五连当即开火射击，其余各连亦先后开火。此时，另两架敌机由东南方向以低空飞行，向七、八连阵地实施攻击，企图压制我地面火力，掩护前两架逃脱，但遭我七、八连的迎头射击，当即击落其中一架。

其余美机企图经二连阵地上空逃脱，但又遭二连火力截击，美机即陷入火海之中，队形已乱，被我四、六连又各击落一架。

敌我前后激战1分15秒，击落美机3架、击伤1架，消耗76.2炮弹70发，37炮弹688发，我方无伤亡、无战损。

这次战斗，保卫了铁桥的安全，首创了一战全歼美机的典型战例，创我东北境内高射炮部队一次战斗击落美机的最高纪录。因此，高炮五〇六团荣获东北军区防空司令部通令嘉奖，并受到了中央军委电报表扬。

美军空袭屡遭我方打击后，为了拖延和破坏已经开始的停战谈判，美军实行以其"空中优势"重点轰炸朝鲜北部78个城镇、工厂的计划。

针对美军空袭战术的变化，志愿军空军采取了"以保卫目标，打大仗为主"的作战方针，制订了协同友军对美军作战，主要打击美军攻击机和轰炸机群的作战计划。

1952年8月以后，美机在鸭绿江沿岸地区进行疯狂轰炸，我防空部队与美军进行了英勇斗争。

8月24日和9月12日，美军出动B-29型轰炸机群空袭鸭绿江中游的水丰发电站。五〇六团配合友军和高炮五〇四团进行了坚决抗击，保卫目标未受损失。

这次战斗结束后，五〇六团领导认真分析研究美军军情，寻找美机活动的规律和特点。

考虑到我国的国庆节就要到来，苗树人同作战参谋张汝为、张同顺等有关人员专门进行了研究，并组织部队做好夜间对空作战的准备，以确保保卫目标的安全。

因为五〇六团防区里还没有配置探照灯和近距离雷达。中高炮既不能用基本方法射击，也不能用雷达进行拦阻射击。

唯一可以采用的射击方法，就是按爆音进行拦阻射

空炮协同

击。但是，要进行按爆音拦阻射击，首先必须把各中高炮连阵地的位置，准确地标示在战斗序列图上，否则计算不出各炮连至火网基点的射击诸元。

五○六团一营所属 3 个中高炮连，分别部署在鸭绿江两岸的山头上面，一、三连在我国境内，二连在朝鲜一侧。

由于山峦遮挡，3 个炮连阵地没有一个能看得见，唯一可作为坐标原点的就是鸭绿江大桥。同时 3 个炮连之间相互也看不到，无法进行测量。

张汝为领受任务后，让指挥连派两台观测镜分别架在大桥的两端。当夜幕降临后，令阵地标高位置最低的二连向其正上空连续发射红色信号弹，两台观测镜同时测量方位角和高低角，然后以大桥为基线计算出了二连阵地的坐标。

接着又以二连阵地为基点，用同样方法，命令一、三连向正上空打信号弹，分别测出一、三连的阵地坐标。就这样，把 3 个中高炮连的阵地位置准确地标在战斗序列图上。接着进行图上作业，测算出各炮连至火网基点的射击诸元，下发给各炮连，并反复进行射击指挥演练。

9 月下旬，正当全团指战员利用战斗间隙，欢快地排练文娱节目，准备庆祝我们年轻的人民共和国诞生 3 周年之际，团领导根据东北军区防空司令部加强节日战备的指示，命令全团进一步做好战斗准备，严防美机利用我国庆节进行突袭。

9月30日拂晓，苗树人带领张汝为先后到所有9个中小高炮连做战备动员检查，直到傍晚才回到指挥所。然后命令指挥连向中高炮连加派无线报话机，以防备有线电话在美军飞机轰炸中断时，保障指挥顺畅之用。

9月30日晚，全团指战员倍加警觉，斗志昂扬，在寒风中严密监视夜空，随时准备打击来犯的美军。

10月1日凌晨1时，美军B-29型轰炸机30架，高度6000米，从4号阵地东的方向沿鸭绿江上空，每批一架，间隔1分钟向我袭来。

正在值班的苗树人果断下达命令：中高炮团在统一指挥下，用按爆音拦阻射击方法打击美机。张汝为即令远方监视哨严密监听美机。

不久，4号远方监视哨报告：

爆音直行！

张汝为迅即在战斗序列图上确定阻击火网，随即向一营下达：

火网××，高度6000！

各中高炮连接到命令后，迅速装好射击诸元，炮弹入膛，二炮手手抓握把，随时准备击发。

此时，从团、营指挥所到各炮连阵地，一片肃静，

共和国的**历程**·钢铁动脉

人们屏息等待着美机到达监视哨上空瞬间的讯号。

数秒钟后，4号远方监视哨报告："顶点！"

张汝为立即下达："顶点！"

各中高炮连连长闻令后同时启动秒表。

当秒针指向本连开火时间时，随着连长一声"放"，在我4号方向上空美军飞机飞行航路的前方，出现了一道由60发炮弹组成的宽1500米、高250米的火墙。

美机在我强大炮火的连续阻击下，大都偏离飞行航路，沿鸭绿江上空朝鲜一侧飞行，一颗颗重磅炸弹投在了清水镇附近的山头上。

激战中，美机数批轰炸我三营阵地，最近的距九连仅20多米，炮排长被翻飞的焦土击中，肩膀负伤。

1时30分左右，美军将一批炸弹投向鸭绿江大桥附近，顿时浓烟滚滚，烟雾弥漫。

苗树人急令三营察看大桥是否被炸坏。三营营长鲁长山派参谋杨保会前往。杨保会参谋在夜幕中，冒着弹雨直奔大桥。

途中，他的小腿被弹片击中负伤，但他勇敢地从清水镇一端沿着震颤的大桥跑到上河口一端，见大桥完好才回到营指挥所，向团里作了报告。

1953年年初，美军战斗轰炸机在志愿军地面高射炮火的沉重打击下，采取了新的反高射飞行战术，即以万米高度接近防区。当进入志愿军高射炮有效火力范围后，以10到15度的小角度下滑飞临我军保卫目标，然后再以

60 度以上的大角度进行俯冲轰炸，并在高度 3000 米以上
投弹完毕，做逃逸飞行。

这样使志愿军按基本假定设计制造的中高炮不能正
确计算射击诸元，又使有效射高为 3000 米以下的小高炮
无法对其射击。

面对美机新的反高射战术，根据团长肖锐、政委楚
明远的指示，在苗树人的领导下，张汝为仔细观察了美
机的飞行参数，又花了近一个月的时间，日日夜夜认真
钻研高射炮射击学和力学有关部分，修正了苏军制作的
投弹距离计算公式，创造了"对大高度、大速度、大角
度俯冲机射击方法"。

这种方法即在美机投弹前的飞行航路上，由全团所
有中高炮集中组成统一火网进行阻击。

志愿军防空高射炮某部采用此射击方法，一举击落
美军飞机 4 架，受到苏军顾问团的重视，并在全军推广。

空炮协同

空军开辟米格走廊

1951 年 7 月，美军趁朝鲜北部发生特大洪水之机，发动大规模的以破坏铁路为主要目标的"绞杀战"。

新安州以北的清川江和大宁江上的铁路、公路桥梁，联结着志愿军的前方和后方，美国空军一直将这一地区作为封锁轰炸的重点。为此，美军将在朝鲜的空军兵力增至 19 个联队、1400 多架作战飞机。

针对美空军的疯狂轰炸，志愿军空军开展了反击美军空中封锁的作战。

志愿军空军为配合地面部队进行反"绞杀战"，从 1950 年 9 月中旬开始，增加每日出动的次数和飞机架次，在友军空军的协同下，与美国空军进行大规模的空战。

当月，新组建的空军经过紧张训练，已有 9 个驱逐师和 2 个轰炸师参战。

为了粉碎美国空军的"绞杀战"，经中央军委决定，空军以师为单位，采取"由少到多，以老带新，先打弱敌，再打强敌"等稳妥办法，组织部队参战。

9 月 12 日，最早以大队规模参战的志愿军空军第四师，全师 55 架战机同时开赴安东前线，首先投入了这场大规模的空中对抗。

9 月 25 日，志愿军雷达发现美机 5 批 112 架以战斗机和战斗轰炸机编成的混合机群，向新安州地区进犯。

志愿军空军指挥所立即下令出击。空四师十二团副团长李文模奉命率领16架米格－15战斗机，升空配合人民军与进犯美机群展开一场200多架次的喷气机大空战。

当李文模率编队飞至新安州上空，突然与20多架美机遭遇。双方相距仅100米，志愿军机群已来不及展开兵力就投入战斗。

一大队大队长李永泰率先带领本大队冲向左下方的8架F－84"雷电"战斗轰炸机。"雷电"发现米格机后，四散逃去，而另两批8架F－86战斗机却在此时从左、右后方袭来。

李永泰迅速操纵飞机左转弯上升，准备占位反击。突然飞机一阵剧烈抖动，他回头一看，飞机机翼被美机击中，而后面4架F－84轰炸机正快速向他逼近。他猛地向右压杆蹬舵，大坡度向上急转弯，避开美机的攻击。

此时，僚机权太万驾机冲了过来，以猛烈的炮火将美机编队驱散。

李永泰抓住战机，驾驶受伤的飞机顺势向一架美机扑去，用瞄准具将美机套住后，两次按动炮钮，但却不见炮弹飞出。

原来，刚才飞机中弹后，军械系统被打坏，李永泰只能眼睁睁地看着美机从炮口前逃去。这时，又有4架F－84轰炸机向李永泰飞过来，对他展开围攻。

李永泰驾着受伤的战机，勇敢地与美机展开周旋，

空炮协同

充分发挥米格机的优良性能，时而半筋斗翻转上升，时而大坡度盘旋下降，终于摆脱了美机的纠缠。在座舱盖被打碎的情况下，他顽强地驾着中弹30余发、负伤56处的飞机安全返回了基地。

李永泰虽然没有击落美机，但他在飞机受损的情况下临危不惧、英勇顽强的气概却打动了参战的官兵，战友们给他起了个"空中坦克"的美称。

就在李永泰、权太万与美机格斗时，担任掩护的5号机陈恒、6号机刘涌新也同一批企图偷袭战友的美机展开了厮杀。其中6号机刘涌新孤胆作战，与美军6架F－86战斗机展开了殊死搏斗。刘涌新紧紧咬住一架，连续开炮将其击落。

这是志愿军空军在朝鲜战场上打下的第一架F－86战斗机，美国空军吹嘘的"佩刀神话"在刘涌新的炮声中破灭了。但刘涌新也在另外5架美机的围攻中，终因寡不敌众，壮烈牺牲。

这是志愿军飞行员第一次参加双方200多架飞机的大规模激烈空战。他们表现出勇敢作战、不怕牺牲的精神，并在这场世界最高飞行技术水平的较量中，取得了战绩。

此后两天，空四师又参加了两次协同人民军与美机较大规模的机群作战，同美空军展开了激战。美国远东空军的"绞杀战"计划，刚开始就遇到严重阻碍。

美国第五航空队宣称：

这 3 天战斗是历史上最长最大的喷气式飞机战役，而且显示了共产党的飞机和飞行技术已经改进了。

10 月 2 日，毛泽东看到空四师的战报后，欣然写下：

空四师奋勇作战，甚好甚慰。

从 1951 年秋到 1952 年春，美国空军从国内选调了一批参加过"二战"的校级"王牌飞行员"到朝鲜作战。

志愿军空军也陆续增调歼击机部队参战。

1952 年 2 月 10 日，志愿军空军第四师大队长张积慧在空战中，将美国空军少校中队长、号称"成绩最高的喷气式飞机王牌驾驶员"戴维斯击毙，在美国引起了震动。

美国远东空军司令威兰发表特别声明，称戴维斯被击毙是对远东空军的一大打击，是一个悲惨的损失。

经过数月空战的实践，志愿军空军认识到，高速喷气式歼击机不宜采用大编队进行空战，便总结制定了以四机编队、多批多路、多层配置、集中一域、协同作战的"一域多层四四制"战术原则。

空军各作战部队据此原则，结合自己的经验，采取了各种具体的战术。作战的机动性和灵活性有了明显

空炮协同

提高。

1951 年 9 月至 1952 年 5 月，志愿军空军先后有 9 个师 18 个团的歼击机部队和 2 个轰炸机师的部分部队轮番参加战斗，从打击美军分散的小机群到打击美军大机群。

这期间我军共击落美机 123 架、击伤 43 架。志愿军空军夺取了清川江以北与鸭绿江之间的制空权，在这一空域开辟了美国人所谓的"米格走廊"，迫使美国空军战斗轰炸机放弃对新安州、西浦、价川三角地区的封锁，从而保障了新义州至平壤、熙川至平壤两条铁路干线可以昼夜通行。

至 1952 年 6 月，美军历时 10 个月的"绞杀战"以失败而告终。

这个胜利，有力地保护了我志愿军地面部队的后勤补给线，为取得朝鲜战场的全面胜利奠定了基础。

三、 火线抢修

● 看着美机飞走了，战士们说："美国佬是调
  人去啦！"

● 顿时，硝烟弥漫，爆炸声、扫射声、美机俯
  冲投弹后拔高的尖叫声震耳欲聋；火光、浓
  烟、被炸起的泥土，随处可见。

● 战士们看到被卸下引信的定时炸弹，嘲笑地
  说："美国人的定时炸弹变成'死弹'了。"

抢修三角地重点路段

1951 年，以美军为首的侵朝"联合国军"在中国人民志愿军和朝鲜人民军的联合打击下节节败退，撤退到了"三八线"以南。

为挽救其战场上的失败，美军集中侵朝空军的绝大部分力量，趁朝鲜暴发特大洪水之机，变本加厉地轰炸破坏我交通补给线。特别对我铁路交通咽喉，由新安州、价川与西浦所构成的三角地区，实施"绞杀战"。

为粉碎美军的企图，铁道兵第二师奉命接管三角地区的重点路段，进行火线抢修，同美国空军展开了一场殊死决斗。

9 月，美军出动飞机近 900 架对二师管区狂轰滥炸，投弹近 1500 枚；5 座桥梁被炸坏，200 多处线路被炸断，30 多处车站遭空袭。一时间，形势相当严峻。

针对三角地区出现的严重情况，9 月下旬，中朝联军运输司令部抢修指挥局前方指挥所，召开了抢修部队负责干部紧急会议，研究解决三角地区面临的实际问题。

经过研究，指挥所决定，将兵力集中到新安州至西浦的三角地区，并加强二师的兵力；为了便于指挥，加强领导，部队恢复营的建制。

二师也在专业兵员的配置上作了适当调整，以发挥各团独立抢修能力。二师从二十二团调 7 个线路班配署到桥梁团，以加强线路抢修能力；从第二、第十二两个桥梁团调出 3 个木工班配署到二十二线路团，以加强抢修桥梁的作业能力。

与此同时，二师还号召部队开展各种活动，积极解决战斗中遇到的问题。

缺少工具和材料，就号召部队用铁匠炉打制简单的抢修工具；各连组成矫轨队，搜集沿线被炸弯的钢轨，整修矫直，缓解料具供应不足的情况。

抢修材料备料不足，就在重点地区沿线有计划地收集材料，以备抢修急需。

官兵们技术水平参差不齐，就在部队中开展群众性的教学合同，能者为师，边抢修边学习，在抢修中提高专业技术。全体官兵们与美军抢时间，拼速度，奋力抢修，终于在 10 月 7 日首次打通美机对三角地区的封锁。

然而，铁路没通多久，美机就实施了更加猛烈频繁的轰炸。

10 月中旬，美军"绞杀战"步步加紧，京义线万城至肃川间被炸 154 处，满浦线泉洞至龙源里间被炸 157 次，中断通车的严重情况终于出现。

10 月 24 日凌晨，3 趟军列在京义线 317 公里处同时脱轨。4 台机车 149 个车皮，前进不得，后退不能，像一段黑色的城墙排在两公里的线路上，目标十分明显。

现场的第二十二团二营抢修部队立即采取措施进行

火线抢修

起复，但因脱轨处是夜间刚抢修好的地段，经刚过去的列车重压后，路基开始松软，起复没有成功。

24日8时许，8架美军飞机飞临317公里上空，既没扫射也没投弹，盘旋一圈后返航。

看着美机飞走了，战士们说："美国佬是调人去啦！"

果然不出所料，10时左右，大批美军飞机像块黑云一样飞来，对停在317公里地区的列车进行狂轰滥炸。顿时，硝烟弥漫，爆炸声、扫射声、美机俯冲投弹后拔高的尖叫声震耳欲聋，火光、浓烟、被炸起的泥土，随处可见。

从此，美军每天都出动数十架次的飞机，对这里进行猛烈轰炸，在数平方公里的狭小地带，投下的炸弹数以吨计。美军为阻碍部队抢修，还投掷了重磅定时弹，这给部队抢修造成了很大威胁。

经过几天美机轮番轰炸，铁路和车辆遭到严重破坏。仅24日至30日的7天内，一台机车被炸毁，32节车厢报废，70处线路被多次炸坏。317到319公里间的线路，许多地段已不见路基原形，炸坏的车辆横七竖八地倾斜在路基两侧，情况十分严重。

面对铁路被严重破坏和美军飞机昼夜袭击封锁的情况，担任该路段抢修的第二十二团二营的同志们，以大无畏的气概投入抢修斗争。

从24日早晨列车脱轨起，二营官兵在营长于公大带领下，发扬连续作战的拼搏精神，在美军飞机轮番轰炸情况下，舍生忘死，奋力抢修。

尽管抢修部队付出了艰巨的劳动和牺牲，但是夜间刚抢修好的路段，美机白天又轰炸，炸翻的车辆刚刚起复，又被炸得东倒西歪。双方展开拉锯战，线路很少有通车时间，这就出现了317公里地段很难抢通的严重局面。

11月1日，铁道兵团召开抢修会议，决定进一步集中兵力打通咽喉地带，并要求贯彻持久作战方针，加强线路维修，从根本上改善线路质量；重新调整管区，加强三角地区重点地段的抢修力量。

会议还确定将二师的兵力从满浦线撤出，收缩至京义线万城至西浦间及平无线西浦至东北里间。

二师把两个团的兵力集中在美军飞机死啃不放的万城至肃川区间，兵力达每公里244人，进行突击抢修；同时，铁道兵团又增拨了38台汽车支援，加强物资保障。

由于加强了抢修力量，各方面的密切配合和全体指战员的连续突击，终于在11月8日抢通了线路。

但是，通车第二天线路就又被炸断。美军飞机在发现大量完好车厢和机车起复运走，线路得到修复后，轰炸更加疯狂。常常是上午被炸毁的机车和车厢，下午又被炸到路基旁的水田里。

路基因为炸了修，修了炸，已经松软，枕木都陷入稀泥里。线路虽然抢通，但这样的路况仍不能保障通车。

11月19日，抢修指挥局副局长彭敏和师政委袁光来

火线抢修

到 317 公里地区抢修现场，召开了师团干部会议，研究解决打通 317 公里地段的办法。

针对存在的问题，决定把抢修与维修紧密地结合起来，大量开采片石，挖排水沟，排除路基两侧积水，改善线路质量；线路两侧设防空哨，修防空洞与疏散跑道，利用美军飞机轰炸空隙，组织白天抢修。

12 月 1 日，二师召开了党委扩大会议，认真总结检查了前段反"绞杀战"斗争的经验教训，对改善 317 公里地段的线路质量作了具体布置：确定推广弹坑排架抢修方法，坚决贯彻白天出工的措施，保证随炸随修。

会后，师、团机关干部，分头深入基层连队，帮助抢修，及时组织材料供应。在全体干部的带动下，战士一致表示坚决完成 317 公里抢修任务，不战胜美军誓不罢休。

二连文化教员钱发哪里有险情就往哪里冲，和战士一起卸定时弹。连队遭美机轰炸，他不顾个人安危，奋力抢救伤员。

六连一排的郑德臣不顾个人危险，蹲在两米深的坑中挖定时炸弹，顺利排除危险。之后他又多次拆除炸弹，成为卸除定时弹的能手。

指战员们日夜突击挖路基两侧排水沟，排除积水；利用拆卸的定时弹掏出炸药开石料，备石砟。

美军飞机来时防空待避，美军飞机一走就抓紧突击抢修。

夜间抢修时，头顶上美军飞机不断盘旋扫射，地上炸弹在爆炸；一串串照明弹挂在天空时明时灭，一声声爆炸震耳欲聋。然而我们久经考验和锻炼的干部、战士，在黑夜里仍然紧张而有秩序地防空、抢修，一次又一次地炸了修，修了炸，争分夺秒，斗争不息。

由于抢修措施得当，白天作业工效不断提高，各方面密切配合，线路终于在 12 月 9 日再次打通。

此时，高炮第六十二师两个团进入 317 公里地区掩护抢修，加强对空作战力量。这有效地打击了美军的嚣张气焰，美军飞机投弹命中率大大降低。

在初步胜利鼓舞下，二师集中力量加强维修工作，线路状况逐步好转。12 月下旬，行车速度由每小时 5 公里提高到 15 公里。在线路通车的 15 天内，开过 196 列军车，大批军用物资运到了前线。中断 46 天的 317 公里地段恢复了活力，取得了三角地区粉碎"绞杀战"第一阶段斗争的胜利。

然而，美军是狡猾的，他们见三角地区不易破坏，就改变战术，采取了"炸两头"的办法，拦截我军物资的来路和去路，经常寻找防空炮火薄弱地区，特别对重要江桥集中轰炸。美军的"绞杀战"进入第二阶段。

美军变志愿军亦变。二师抓住美军飞机对三角地区轰炸减弱的时机，对管区线路进行全面整治。加宽路基，填补石砟，抽换枕木，还建立巡道及计划维修制度等。

在指战员们的共同努力下，志愿军列车行车速度不

火线抢修

降反升，到 2 月，行车速度每小时达到 30 公里。美军的招数又失败了。

3 月，美军又改变战术，开始在夜间对车站进行轰炸。但是，经过数月的捶打磨炼，抢修部队的抢修效率已经今非昔比，已经能真正地做到随炸随修，运输依然通畅。

进入 5 月后，美军飞机由原来死啃一点转为多点破坏，以百架次以上的大机群对一个地区从早至晚连续轰炸。有的地段一次破坏土方量竟达一万立方米以上。

二师再次集中优势兵力组成招之即来、互相协作的机动部队，根据已经掌握的美军飞机活动规律，以集中对集中，有效地组织抢修，逐步掌握了斗争的主动权。

被炸土方在 3000 立方米左右时，一般在当天前半夜就能修通；即使达到 1.5 万立方米左右，也能做到次夜就通车。

到 1952 年 6 月，美军的"绞杀战"宣告彻底失败。合众社的电文中不得不承认：

在差不多一年来，美国和其他盟国飞机一直轰炸共产党的运输系统，在北朝鲜仍有火车在行驶……坦白地讲，我认为他们是世界上最坚决建设铁路的人！

保护龙源里至泉洞铁路

1951 年 9 月，在满浦线上价川至顺川的龙源里、泉洞间的 29 公里地段，成了美军"绞杀战"的又一重点目标。

美军每天出动 200 多架次飞机，狂轰滥炸，使这条中朝军队的主要补给线严重受阻。就在这关键时刻，铁道兵一师三团接到紧急命令，从满浦线古仁以北地区开赴 29 公里地段执行抢修任务。

上级要求，三团尽快打通这段朝鲜北方铁路三角地区的咽喉，做到随炸随修，夜夜通车，将军需物资源源不断运往前线。

铁道兵团第一师第三团自从 1950 年 11 月入朝以来，从鸭绿江畔一直战斗到临津江边。在战争初期恢复朝鲜北部铁路运输方面，上级所交给的任务，可以说是战无不胜、攻无不克。但这次任务是啃硬骨头，非同以往。

师长刘克关切地对三团团长李万华说："李团长，敌人集中轰炸一点，把对付全线的赌本都押到 29 公里地段这样的重点上来了，你们团的担子不轻啊！要做到夜夜通车，粉碎敌人的'绞杀战'，不但要靠勇敢不怕死和艰苦的劳动，更要靠智慧，要发动群众，动脑筋想办法，才能战胜敌人，取得胜利。"

火线抢修

29 公里地段在龙源里车站北面，是一片开阔地。铁路两边全是稻田，一炸一坑水，取土十分困难。

在三团接防以前，这里的抢修部队在美军每天 3 次的狂轰滥炸面前，夜夜挖土填坑。路基炸了修，修了炸，形成恶性循环，极大地影响了通车的时间。由于缺乏干土和石料，路基即使修复了也成了松软的"胶皮路"。列车经常在刚刚修复的铁路上脱轨。夜晚行车的火车司机们称这里是"难过的 29 公里"。

三团进入管区的头一天，29 公里地段就遭到好几批美军飞机的狂轰滥炸。炸弹像冰雹一样落下，铁路线上一片浓烟烈火。钢轨被炸弯了，路基枕木被炸飞了，整段路基几乎被翻了过来。

傍晚，天空中又下起了雨夹雪，道路泥泞湿滑。一连连长翟坤、指导员张登魁率领全连指战员深一脚、浅一脚地奔赴抢修现场。为了防空，指战员们不能点灯，所有的施工都只能摸着干。

指战员们先将铁路边陷在弹坑中的 20 多辆汽车弄走，然后挖土填坑，接着铺放枕木和铁轨。现场虽然很黑，但战士们凭借平日里练就的硬功，在干部们的统一口令下，铺好了铁轨。等到铁轨铺好，已经是后半夜 2 时了。

从那夜起，三团在 29 公里地段正式开始了艰苦、激烈、持续的反"绞杀战"斗争。

美军飞机越炸越凶，几乎是每天定时定点轰炸。一天 3 次，8 时、12 时、16 时。200 多架次，在这 3 个时段里，美军飞机投下 400 多枚重磅炸弹。美军的轰炸非常准时，指战员们只要听到炸弹响就知道时间差不多了。

美军的轰炸之所以这样准时，一方面是因为这 3 个时段是白天，地面目标明显，另外连续 3 次轰炸也可以阻止志愿军进行修复。

这更加剧了铁道兵的紧迫感。此刻，前线反击战正是最激烈的阶段，急需要装备、粮食和弹药补给。

为此，中朝联合铁道运输司令部抢修指挥局的电话直接打到现场，命令三团要顽强战斗，随炸随修，要求每晚 20 时以前通车。这样，"抢 20 时"就成为所有连队响亮的战斗口号。三团所有的人都冲到了现场，加班加点地干，与美军的飞机拼时间，抢速度。

随着战斗的进行，困难越来越多。李团长每天到现场检查时，都发现旧弹坑刚填平，新弹坑又出现了。短短几公里的线路，遍地是弹坑，炸得最严重的地段，坑连坑，坑套坑，成了一片焦土，到处是炸烂的枕木，扭曲成奇形怪状的钢轨和碎弹片。

战士们每晚冒着零下 10 多摄氏度的严寒和美军飞机轰炸扫射的威胁，英勇顽强地奋力抢修。高强度的工作使一个个战士的身体消瘦下去了，营养跟不上使每个连都有 10 多个战士得了夜盲症。

有一次，九连抢修一个弹坑，因为土方数量大，冻土难取，加上材料补给不及时，直到 15 时多才抢通。这

火线抢修

让李团长很着急，他喃喃自语地说："不行！像这样干下去，就是再来一个团也不够用呀！"

李团长检查完现场，回到团指挥所，已是深夜了。此时，寒风扑打着窗户，瑟瑟作响。非常疲惫的李团长躺在床上却怎么也睡不着，九连的工地始终在他脑海里像放电影一样回放。

该怎么解决施工进度问题呢？李团长在心里反复问自己。他突然想起了师长说的话，"要靠智慧去战胜敌人"，他心里立刻像打开了一扇窗户，兴奋地一拍大腿："对，我们要发动全团的干部战士和技术人员，动脑筋想办法，同美军斗智，要改变旧的抢修方法，千方百计缩短抢修时间，争取通车时间。"

李团长翻身下了床，翻看这些天的抢修记录，苦苦地思索着。美军飞机轰炸的弹坑越来越大，直径有10多米，如填土要三四百立方米，"能不能先用旱桥跨过去呢"？一个新奇的想法突然闪过他的脑海。如果先用小排架架枕木梁抢修通车，以后再回填土，不是可以节省很多时间吗？

第二天，李团长把这个想法跟简群副政委、丁也参谋长说了，他们也认为可以试试，同时决定发动全体技术干部和指战员讨论，让大家献计献策。

大家通过讨论，不但肯定了用小排架抢修弹坑的新方法，而且还提出了很多合理化建议，形成了一个就地取材和大搞技术革新活动的热潮。

用枕木小排架架枕木梁抢修弹坑的新办法，首先在一连试验成功了。16 时炸的弹坑，到 19 时就立起了排架，20 时就铺轨通车了，实现了"抢 20 时"的要求。

团里抓住这个典型，在一连召开了现场会，推广了他们的经验。战士们看到抢修通车后，军需物资源源不断地运往前线，都受到极大鼓舞，抢修的劲头更大了。

为了尽量缩短现场抢修时间，各连都设法将抢修中的部分工作，完成在破坏之前和抢修现场之外。

大家预先做好枕木小排架，连同其他抢修材料，隐蔽在线路附近，准备抢修时使用。为了解决石料不足的困难，各连还开展"一块石头运动"，无论上班或防空回来都不空手，每人背一块石头到现场。

各连还自制了土弯轨器，将炸弯的钢轨整直后重新使用。铁匠炉也昼夜加工，将捡回来的鱼尾板、道钉、扒炬修理好再用。

有的连队还拿炸弹皮制作锹、镐等，补充工具的不足。有的连为了减少钢轨被炸后损坏，白天不通车时将鱼尾螺栓卸掉，晚上通车前再安上。

五连连长刘敏创造了钢轨探险铲，夜间巡道时可以探明钢轨是否断损，避免了行车事故。九连班长彭耐久发明了活动螺丝扳手，为夜间抢修拧鱼尾螺栓提供了方便，大大提高了工效。

四连领工员安国栋创造了万能道尺，既可量轨距，又能测水平。副连长周凤清提出夜间钉道在道钉上涂白

灰的办法，打道钉时又准又快。

这些先进经验，团里及时进行了推广。对于这些好人好事，团里还编成文艺节目，进行文艺会演，在全团范围内掀起了一个表扬先进、立功受奖的热潮，有力地促进了抢修任务的完成。

正当抢修工作在各方面取得胜利的时候，一件意外的事件发生了。

二营营长王贵良同志在检查线路时因定时弹爆炸不幸牺牲了。李团长立即赶到二营，号召全体干部战士想方设法制伏定时弹，彻底战胜美帝，为营长报仇！

美军为了阻止志愿军进行抢修，每次在轰炸前，先都投下定时弹，然后再扔爆破弹，用炸起的土埋没定时弹。这些埋在土里的定时炸弹，在志愿军进行抢修时，说不定什么时候就爆炸一个，杀伤志愿军战士，影响抢修工作。

开始的时候，三团的官兵们使用过去对付定时弹的办法来应对。各连派出定时炸弹侦察组，隐蔽在铁路附近的小山头上，看美机投弹时共扔下多少定时弹，然后在定时弹旁插上小红旗；等美机走后，再组织人员将定时弹挖出拉走，到远处空地上引爆。

但是，用眼睛盯着数以百计的炸弹难免会有遗漏，处理时仍然有一些定时炸弹没有发现。虽然没造成什么伤亡，但这提醒了李团长，老方法不灵了。于是，李团长号召全体人员出主意想办法。

就在这时，传来了五连班长李云龙拆卸定时炸弹成功的喜讯。李团长马上把李云龙找来，让他给大家传授经验，并让他把自己的技术传授给更多的人。

　　在李云龙的带动下，三团成立了拆弹小组，成功地拆卸了许多炸弹。拆卸定时炸弹的小组将雷管卸下，掏出炸药去开山炸石，补充片石和道砟，路基就更加坚固了，"胶皮路"变成了坚实的铁路。炸弹皮被送到铁匠炉去制作锹、镐等抢修工具，以后又打成锅、铲和菜刀。战士们高兴地说："定时弹全身都是宝，用途还不小哩！"

　　由于各连改用小排架抢修弹坑和及时排除定时弹，使抢修速度大大加快。三团在反"绞杀战"的斗争中争取了主动。在这种情况下，三团及时调整了兵力部署和劳动组织，要求各连在确保抢修质量的同时，进一步提高抢修速度。

　　为了提高抢修速度，各连抓住美军飞机轰炸空隙时间进行各项准备工作。指战员们根据以往抢修的经验，预先制作各种型号的枕木小排架，在沿线合理散布。他们还开山炸石，沿路准备大量片石和道砟。

　　各连铁匠炉昼夜作业，修理被炸坏的器材，制作异型鱼尾板、道钉和扒炬。各连还订立了师徒合同，互教互学，进一步提高抢修技术水平和对线路的养护能力，从而提高行车速度。

　　这样，三团不但做到了夜夜通车，而且一般都达到了"抢20时"的要求，满足了前方军运的需要。反"绞

火线抢修

杀战"斗争的形势越来越好，三团因此受到了上级表扬。

美军虽然出动了大批飞机对 29 公里路段进行轰炸，但这里并没有完全被炸断。美军通过核查战果，发现志愿军的抢修速度要大于炸毁的速度，就出动了更多的飞机进行轰炸。

12 月 19 日，美军出动飞机 208 架次，倾泻了 460 枚重磅炸弹，使 29 公里这一地段再一次弹坑累累。

随着美军飞机一次又一次的轰炸，团指挥所里的电话铃声也响个不停。师长在电话里命令三团："一定要在半夜前修复通车！今晚有紧急军运，决不能耽误！"

车站铁路局邓局长也一会儿来一个电话，着急地问："老李啊，今天炸得很凶啊！你们有把握修复吗？"

李团长笑着回答："先别替我们操心，只要你们保证准时发车就行。"

当天黄昏前，北风怒吼，下起了大雪。鹅毛似的雪花纷纷扬扬，一会儿大地成了一片洁白。这让李团长有些担心，美军飞机把铁路炸得如此厉害，天气又这样糟糕，能如期完成今晚的抢修吗？他赶忙和技术人员冒雪赶到现场。

当他们赶到二营时，他们惊喜地看到，他们的抢修任务已经快完成了。李团长带领技术员检查完工程质量，又赶到三营去。

还没到三营的施工现场，在路上远远就听到了一片"叮叮当当"的声音。这声音又让李团长心中兴奋不已，三营的抢修速度一点也不慢，他们已经在铺轨钉道钉了。

借着积雪的亮光，李团长看见一个身材魁梧的战士，扛着两根枕木，一个劲儿地朝路基上跑来。等到走近了一看，原来是三营有名的大力士"武大愣"。

"武大愣"一见团长来了，抹抹额头上的汗水，欢快地打着招呼："首长，你们来啦!"

"怎么样，顶着雪干费劲吧!"

"下雪怕啥，下铁炸弹，也没炸断过我们的钢铁运输线啊!"

"你们修得好快啊，干得真漂亮!"李团长这样一表扬，"武大愣"说得更有劲了："自从用了小排架抢修弹坑的新方法，又快又省力，都能提前完成任务，现在倒把美国飞行员急死了，你看他们天不亮就赶来报丧，天黑了还不回去。"

"武大愣"的话音未落，引得现场抢修的战士们都大笑起来。

当李团长他们到达一营指挥所时，已经是夜里 22 时多了。他高兴地给邓局长挂电话："现在该我来催你的账了。列车准备好了吗?"

车站的同志和司机们当然不甘心落在铁道兵的后面。没过半个小时，当三团的官兵冒着鹅毛大雪走到线路上，俯身用耳朵贴着钢轨细听时，一阵轻微的震颤声从远处传过来了。

李团长压不住心头的高兴，情不自禁地大叫："通车

火线抢修

啦！同志们！"

指战员们听了，也跟着喊了起来。在他们的欢呼声中，一声嘹亮的汽笛声划破了夜空的寂静。一列火车过去了，接着又开过来第二列、第三列……

在夜色中，那些披着草绿色帆布的大炮和坦克，高高地翘着炮管，一个个影影绰绰地从三团面前闪过去了。这天晚上，一共过了 21 列军车。

三团在反"绞杀战"中充分发挥了勇敢和机智，在高炮部队的配合下，奋勇抢修龙源里、泉洞间的 29 公里地段，彻底战胜了美军。

排爆兵清除沿途炸弹

1951 年 9 月，志愿军工兵十八团担负起了保障价川至平壤、平壤至安州地区的道路畅通的任务。

此时，正是美军的"绞杀战"最为猛烈的时候。道路每天被炸，破坏严重。抢修道路的连队由于缺少炸药和铁构件，使抢修桥梁和道路的速度受到严重影响。

十八团负责排爆的战士们想，过去打仗时没有武器从敌人那里夺，现在没有炸药和铁构件也可以从美军的定时炸弹上想办法。如果把定时炸弹里的炸药取出来，将炸弹壳加工成抢修桥梁用的铁构件，炸药和铁构件不就都有了吗？

这些排爆兵立即向团首长汇报了这个想法。团长说："这个想法好，但你们能行吗？这可不是儿戏，失败了要出人命的！"

技术助教陶克安说："团长你忘了，5 月的时候，我们就拆过炸弹啊！"

团副参谋长蒋子云插话说："对，对。你还差点丢了命！也把我吓得要命！"接着，蒋副参谋长回忆起了那次拆弹行动。

那是在 5 月的一天，十八团到达朝鲜西海岸的永柔机场，执行抢修机场的任务。为查明机场被炸的情况，

由团副参谋长蒋子云率领，作训股盛英杰股长、左就友参谋、测绘员孟繁武和陶克安及 5 名战士，组成侦察组前去侦察。

侦察组携带工程侦察器材到机场后，按跑道宽度成一字横队，每人间隔 5 到 10 米，由东向西徒步进行。这时，机场内不时有炸弹爆炸。当侦察组前进 20 米时，前方 20 多米处出现了一个约两米大小的土坑，人们正要前去观察，突然炸弹爆炸了。炸弹的冲击波把陶克安和孟繁武甩出五六米远。爆炸过后，地面上出现一个直径约 10 米的弹坑。陶克安和孟繁武没有受伤，又继续前进。

又走了约 50 米，陶克安看到前方 15 米远处有一个小坑。他正要去看时，突然感到身子一动，接着就"轰"的一声，什么也不知道了。等他醒来时，发现自己正躺在战友的怀里，战友们正关切地看着他。

陶克安晃了晃脑袋，感觉有点晕，问："我怎么躺下了？"

侦察组的一个战士说："你小子命真大！定时炸弹爆炸了，炸出的土把你和一名战士都埋起来了。我们刚把你挖出来。"

蒋副参谋长看看两个人没有受伤，就让他们休息一会儿。陶克安看了一眼弹坑，吸了一口凉气："好险啊！"弹坑离他们不到 3 米。

又走了约 100 米，看到前面有一个炸弹插在地面上，有一半弹体露在外面。蒋副参谋长让人们停止前进，观察这颗炸弹，等了许久也没爆炸。

陶克安看了一会儿，觉得在这坐等炸弹爆炸不是个办法，就对蒋副参谋长说："把它拉走。"

蒋副参谋长没有回答，他心里没底。陶克安又说："只要动作快，就能减少危险。我是工兵学校毕业的学员，学过炸药的爆炸原理，我一定能把它拉走。"其实，他在说这些话的时候，心里也没底。他在工兵学校并没有学过炸弹。这时，孟繁武也提出了同样的请求。

蒋副参谋长的眼睛离开了定时炸弹，扫视着他们俩沉静又严肃的脸。他用信任的目光向他们点点头说："好，你们先去用绳子把它拴好吧！"

陶克安和孟繁武立刻拿着绳子向定时炸弹跑去，一边跑一边仔细地观察定时炸弹的动静。他们在一颗又粗又大的定时炸弹周围仔细地观察了一下，看露在外面的定时炸弹的尾翼可以拴绳子。于是，陶克安把绳子牢牢地拴在定时炸弹的尾翼上，然后，侦察组的同志拉起了长绳，向机场外跑。可是，怎么也拉不动。

陶克安急出了一身汗，他赶紧拿起随身携带的铁锹插向弹体下面，和孟繁武一起猛力往上一撬，同时大喊一声："拉。"定时炸弹一下就从坑里面拔出来了。大家就把它拉到远离跑道的荒野，然后继续向前侦察。

那一天，他们侦察了 2000 米，一共发现了 50 多个已爆炸的弹坑，15 个未爆炸的定时炸弹，拉起未爆炸的定时炸弹 5 个。

　　第二天，一营二连一排在挖定时炸弹的时候，炸弹突然爆炸，有多人负伤、牺牲。定时炸弹直接威胁着战士们和机场的安全。如何制伏它？陶克安和几个从工兵学校毕业的同志决心想办法战胜它。

　　陶克安学过地雷发火原理，他想定时炸弹和地雷的发火原理应该是一样的，都是用击针打击火帽而爆炸的，不同的只是装置特殊，设有延期装置。这个延期装置可能与炸弹尾翼里的飞轮有关。飞轮转到一定时间，飞轮杆脱离引信体，引信里的击针失去控制，打击火帽引起爆炸，这可能就是延期装置吧。如果飞轮不转了，飞轮杆就不脱离引信，引信里的击针仍由飞轮杆控制，就不会打击火帽引起爆炸。

　　于是，陶克安跑到机场边去看拉出来的定时炸弹，果然看到定时炸弹尾翼里的飞轮都歪了，不动了。他的想法得到了证实。

　　于是，陶克安向团领导提出拆除定时炸弹引信的要求。他把自己思考的结果和看到的情况向首长们汇报了。首长们经过商量后同意陶克安去试试。

　　得到同意后，陶克安和两位战士找了一颗定时炸弹，并把它拉到一个炸弹坑的边上，谨慎地先把炸弹尾翼用钢锯锯下，让飞轮和引信的连接部位暴露。陶克安发现，安装引信的地方有一条细细的缝隙，周围并没有焊接或铆钉的痕迹。这证明引信是像螺丝那样拧上去的。这就更加坚定了他拆卸引信的信心。

于是，陶克安一条腿跪在地上，一条腿顶着定时炸弹，用手握住引信的头部。

当热乎乎的手接触凉冰冰的引信头时，一股凉气直透心窝。"会不会一动就响啊！"陶克安担心地想。但这个念头马上就被他自己驳倒了。"只要不让飞轮杆离开引信体，击针就不可能打击火帽，炸弹就不会爆炸。""如果一动就响，美国人怎么能装上去呢！"陶克安的精神又振奋起来，抓住引信就拧，可是还是拧不动，两名战士帮着拧，也拧不动。

陶克安又仔细观察，发现尾部引信处有一个反拆卸的钢珠被螺丝紧紧地卡住了。陶克安就用锤子轻轻地锤了几十下，渐渐地，引信体松动了。于是，他一手抓住引信，两名战士抓着弹体在地上滚动，引信慢慢地离开了弹体。接着他们用同样的办法卸下了第二颗定时炸弹的引信。拆卸炸弹成功了。

这个消息很快传到了抢修机场的连队。战士们看到被卸下引信的定时炸弹，嘲笑地说："美国人的定时炸弹变成'死弹'了。"

回忆完这段惊心动魄的经历，蒋副参谋长对团长说："陶克安技术过硬，命也大。""我看没什么问题，可以让他带几个人干。"团长同意了。

陶克安就请保障道路的连长组织几名战士先将路边的定时炸弹的引信体拆卸掉，然后用爆破法将炸弹炸开，取出炸药供连队使用；又让连队的铁工架起烘炉，将砸

火线抢修

碎的炸弹壳打成两爪钉、螺杆、垫板等铁构件，及时地解决了抢修道路、桥梁所需的器材，保证了抢修道路的顺利进行。

10月的一天，太阳刚刚升起，美军 B－29 轰炸机群在战斗机的掩护下，又来轰炸平壤地区了。炸弹接连倾泻下来，公路上、大桥旁、民房上都冒着浓烟。

陶克安正在团指挥所值班，他接到二营报告，在公路上、稻田里、草丛中发现一种从来没见过的炸弹，张着两个翅膀，活像个大蝴蝶。

陶克安和股长立即赶到二营，看到遍地都是这种"蝴蝶弹"。已经有朝鲜老乡被这种"蝴蝶弹"炸伤、炸死。

陶克安警惕地观察，发现这种"蝴蝶弹"的两翅之间有一根约20厘米长的钢丝。他让一名战士在离"蝴蝶弹"60多米远的凹地里，用步枪向它射击，击中了"蝴蝶弹"却没有爆炸。陶克安认为联结两翅的钢丝就是发火装置。如果不动钢丝，就不会爆炸，如果用一根绳子拉"蝴蝶弹"两翅间的钢丝，就会爆炸，就可以破坏"蝴蝶弹"。

于是，陶克安用一根铁丝弯了一个钩，拴在绳子的一端，把铁丝钩轻轻地搭在"蝴蝶弹"的钢丝绳上，然后离开。在60米外的凹地里，用力一拉，"蝴蝶弹"轰的一声爆炸了。

新的胜利给排爆的官兵们带来了鼓舞。陶克安就让战士们一个个地拉响。从此"蝴蝶弹"失去了威力。

四、 战地架桥

● 随着一阵震耳欲聋的爆炸声，两架美机中弹，一架在附近坠毁起火，另一架拖着长长的尾巴，一抖一抖地向南逃去。

● 夜空中，数颗照明弹像几个大灯笼一样慢慢地下落，发出的白光照得江面如同白昼。炸弹在江水中爆炸，掀起了10多个巨大的水柱。

● 夜色中，一群汉子光着脊梁，露出一身强健的肌肉，挥动铁锤和锹镐打桥桩、挖土石。叮当的响声、口号声不绝于耳。

工兵发明单轨简易桥

1951 年的一天晚上，时任志愿军后勤部部长的周纯全为了检查运输线上的防空情况，亲自带着 30 多辆满载给养物资的车辆赶往前方。

夜里 23 时，当车队来到山下一片开阔地时，遇上了 20 多架来轰炸的美军飞机。美军飞机的照明弹像天灯一样挂满了天空，照得大地亮如白昼。

30 多辆汽车按防空哨的警报，纷纷闭灯隐蔽在路边的掩体内。但美军飞机仍把成吨的炸弹倾泻在公路和掩体周围，炸得烟尘滚滚，硝烟迷漫。

周纯全冒着横飞的弹片，飞奔向旁边的高炮营阵地，命令营长："开炮，狠狠地揍狗日的！"

"咣！咣！咣！"炮弹呼啸着射向美军机群。一些美机拔高了，一些反而又扑向高炮阵地来投弹。

美军的嚣张气焰急得周纯全愤怒异常，他狠狠地骂道："狗日的，老鼠来舔猫屁股。给它点厉害的尝一尝！打头里的那两架！"

随着一阵震耳欲聋的爆炸声，两架美机中弹，一架在附近坠毁起火，另一架拖着长长的尾巴，一抖一抖地向南逃去。

美军飞机飞走以后，周纯全回到公路边。他看到前边的关键路段被美军的重磅炸弹炸出了一个深五六米、直径七八米的大坑，汽车根本无法通过，旁边又无便道可绕，就急令通信员去附近一个山洞里找驻在那里的工兵连来抢修。通信员还没走，工兵连连长就带着全连同志扛着木料、工具匆匆赶来了。飞机的炸弹声便是他们战斗的讯号。

周纯全告诉工兵连连长："车上拉着前线部队急需的炒面，今晚不但要全部通过这里，而且在天亮前还要走完80公里的路程。所以必须快抢快修。"

工兵连连长看了看弹坑说："靠搬石运土填平这个坑，天亮前也完不成。现在只能用原木在坑内架设便桥了！"

"架便桥要多长时间？"周纯全盯着问。

"起码得4个小时。"

"不行！"周纯全说，"4个小时后天就亮了，我们还怎么赶路？！"

说完，他在坑边走了一个来回，忽然喊道："你过来看看：这个坑靠山的这边，还留有3尺路面，可以通过一侧车轮。你们能不能在坑内架起一座供汽车另一侧轮子通过的简易桥？这样既省工省时，又不耽误事情。"

工兵连连长看了看，又蹲在坑边用尺子一量，高兴地说："行，行！这样起码可以省出两个小时来！"周纯全又带领汽车司机和工兵们一起干。一个半小时后简易桥便修成了。

"周部长，让我第一个过吧！"汽车连连长向周纯全请求。周纯全到桥上走了一遍，在上面用力跺了几脚，认为没什么问题，就点头同意，并亲自站在前头指挥。

汽车缓缓地开了过来，司机紧紧地握住方向盘，小心地打着轮。周纯全一边打着手势一边大喊："向左一点……打轮，好！回轮……压上桥了，别停下……"

汽车的一只轮子压在弹坑边沿，一只轮子碾在单轨桥上，一米一米缓缓移动。桥桩穿过软土，向下陷了一点，汽车向弹坑一侧偏了一下。

汽车司机感到不好，立刻踩了一脚油门，汽车吼叫了一声，后轮嗖的一下开过了桥。

工兵连连长立刻冲上去加固单轨桥。过了一会儿，他向着司机们招了招手说："没事了，放心大胆地过吧！"汽车一辆一辆接连通过。凌晨 2 时，在周纯全带领下，车队又向前奔去。

临走时，周纯全让工兵连连长把这个经验在所有的工兵中推广。

很快，所有的工兵都掌握了架设单轨桥的技术。那些被炸得千疮百孔的公路再次显出了勃勃的生机。

舟桥兵用便材实施漕渡

　　1951 年 8 月中旬，志愿军工兵三团奉命开赴鸭绿江边的辑安、长甸、马市台、安东等渡口，接替工兵二十二团原来负责的鸭绿江渡江工程保障任务。

　　8 月 13 日，志愿军工兵指挥所命令三团派一个渡河连，到朝鲜清川江执行漕渡任务，以加强洪水期间交通保障的力量。三团命令五连携带舟桥器材两组及所需的汽车和汽艇，由二营营长高树业率领前往。

　　工兵三团是我军历史上第一支舟桥部队，它的前身是解放战争时期第二野战军组建的第一个工兵团，新中国成立初期参加了修筑康藏公路和成渝铁路。1951 年 4 月，三团奉命从四川开赴东北吉林市，准备参加抗美援朝。

　　到吉林市后，三团接收了苏军援助的两套恩二波舟桥器材，随即进行换装训练。换装前，三团为 3 个营，每营 3 个连；换装后每营为 4 个连，增编了一个汽车连。全团装备两套恩二波舟桥器材，成为我军第一个工兵舟桥团。

　　15 日，五连抵达孟中里，18 日起即同工兵二十二团一起执行漕渡任务。

　　这时，美军正实施"绞杀战"，美军的飞机很疯狂，

战地架桥

孟中里车站和清川江铁路桥先后几次被炸，五连转移到西松里漕渡。

漕渡是军队利用舟、筏、两栖车辆或门桥渡送人员、车辆和技术兵器过河的方法。在未装备舟桥之前，志愿军多使用就便器材，如竹筏、舟船，甚至是用空汽油桶做成的木筏渡河。

自从有了恩二波舟桥，漕渡的速度和质量有了很大突破。但是，为掌握这样的先进装备，三团着实下了一番功夫。

改装舟桥时，三团面临的第一个课题就是一切都要从头学起。三团虽然是老工兵团，但过去主要是完成战斗工程保障任务和交通工程保障任务，工兵装备器材很落后，执行任务时，基本是使用就便器材。

而新装备的恩二波舟桥器材在当时来说是现代化的制式渡河器材，主要用于保障军队渡江河作战和机动，多用于保障坦克、大炮等重武器和重装备通过江河障碍。

恩二波舟桥可以根据江河的宽窄深浅等情况，连接成载重 8 吨至 75 吨的浮桥，也可结合组成载重 12 吨至 60 吨的门桥进行漕渡。它用汽车装运，陆地上机动性能好。在江河中架桥时，用人少，架设和撤收快。

装备虽然先进，但对二团来说却是个难题。其中最为突出的就是团干部战士的文化程度很低，小学以下的占大多数。舟桥对于他们来说，听说过没见过。而且，多数人不懂俄语，连教材都看不懂。所以，要掌握这些现代化的装备，困难是很大的。

这时，抗美援朝前线急需克服江河障碍的渡河器材，军委工兵司令部便要求三团要在 3 个月的时间内，通过突击训练，学会恩二波舟桥器材的架设、撤收、装运等作业。

在这样的情况下，三团党委做了认真研究，决定动员全团上下，立即行动起来，把训练作为这一时期的中心任务。各级领导带头学、亲自抓，并建立汇报、检查、评比等制度。战士们则以排为单位，根据不同的文化程度和接受能力，编成若干互助小组，实行包教保学。从 5 月 4 日开始，三团即在松花江上展开了热火朝天的学习使用新装备的练兵。

每天上午，由苏联专家巴拉洛夫中校给全团干部上课，下午则由干部再教战士。与此同时，舟车驾驶员、汽艇驾驶员、操舟机手等也分门别类开始了专业训练。

5 月的松花江水还是很冷的，但三团指战员在苏联专家指导下，就算刮风下雨也按计划坚持下水操练，大家学习很刻苦很认真。一个多月后，同志们已能较熟练地独立作业了。

6 月中旬的一天，东北军区的苏联总顾问到三团视察舟桥兵的训练情况。三团在松花江上很快就架成了一座长 300 米左右的载重浮桥。T－34 坦克从桥上隆隆通过，参观的人员都十分兴奋，热烈鼓掌。

从 4 月接收装备到 6 月就形成了战斗力，这让所有

战地架桥

人都非常吃惊。苏联总顾问高兴地说："我从没见过这样积极学习的部队。"

来到朝鲜的清川江边，真正检验舟桥兵实战能力的时候到了。

五连根据美军飞机袭扰频繁、漕渡困难的情况，首先精心选择了渡口。他们把渡口设在被炸坏的大桥下面，这样美机不易发现，又便于联结两岸公路，车辆进出比较方便。

但是，被美机炸断的桥梁横七竖八地散落在江里，有的伸出利刃一样的钢筋，有的像碉堡一样蹲在江面上，有的则淹没在水下，形成危险的"暗礁"。看似开阔的江面，实际上只有一条弯弯曲曲的航道可以漕渡。这就给门桥停靠码头和漕渡增加了困难。

而此时，40年不遇的大洪水又在朝鲜北部肆虐横行。清川江更加湍急，黄色的江水打着旋、翻着白浪滚滚而下，从上游冲下来的树干浮浮沉沉，比船跑得都快。

洪水期的江水受海潮影响，时涨时落。昨天还能看得见的桥梁断臂，今天可能就被淹没在水下，只在江面上留下一个个不易发现的旋涡；今天可以通行的地方，明天就可能突然出现一个龇牙咧嘴的工字梁。

所以，门桥只能采用曲线航行的方式以绕过断梁。漕渡时，必须专门有人观察江面，一旦发现危险，就驾驶舟桥绕开。刚开始的时候，因为没有经验，在晚上很难掌握航线。

一天晚上，五连奉命实施漕渡。当晚海潮下落，江面上又多出了几个黑黝黝的被炸断的桥梁。白天看好的航道几乎不能用了。

而此时，美军飞机破天荒地实施夜间轰炸。他们先是投下照明弹，接着就开始轰炸和扫射。

放眼望去，被炸毁的清川江大桥附近，火光闪闪，烈焰腾腾。夜空中，数颗照明弹像几个大灯笼一样慢慢地下落，发出的白光照得江面如同白昼。炸弹在江水中爆炸，掀起了10多个巨大的水柱。

美军飞机十分猖狂，有时竟然怪叫着穿过树林一般的水柱对桥下的渡口扫射。子弹打在桥墩上火星四射。

战士们第一次碰到这种情况，禁不住心里有点慌。门桥下水后，在汽艇的顶托下顺流斜着向对岸行驶。战士们借着照明弹的白光，用长杆顶开被炸断的桥梁，汽艇驾驶员根据信号，及时调整航向，绕开危险的地方。舟桥成后三角队形向对岸开进。站在舟桥上的战士有的被江水淋湿了，有的被弹片打伤了，但依然坚守岗位。

突然，一个舟桥躲闪不及，"轰"的一声碰在了江中的残桥梁上，随即，在江水的冲击下，舟桥开始横向移动。钢铁的船身与水泥的桥梁摩擦，发出"吱吱嘎嘎"的巨响。汽艇驾驶员立即调整航向，在信号员的帮助下，顶托舟桥摆脱了困境。

但是，舟桥水线以下被划破了，江水随即涌进舟中，几千斤物资和门桥上的人员都很危险。这时，被撞倒的

战地架桥

战士们马上甩掉衣服，用准备好的油布奋力堵住漏洞，顽强抢修，使漕渡到了对岸。

有了第一次的经验，战士们就不再感到紧张了，他们想出了许多办法解决夜间漕渡的问题。为了保持舟桥之间的安全距离，他们在舟桥上安装小电珠，明确各舟桥的位置，而且不易被美机发现。组织人对被炸断的桥梁进行定位，做上明显的标记；准备更多的堵漏器材，并加固舟桥水线以下的部位。

在洪水期，三团五连连续漕渡 30 天，共计渡过了 4 个步兵团、5 个榴弹炮团、1 个工兵团等 73 个单位的物资及人员，保障了这一渡口的交通从未中断。

1952 年 6 月下旬，美军飞机对长甸渡口附近位于朝鲜境内的水丰发电厂进行大规模的轰炸。为保卫这座电厂，9、10 月间，三团奉命派出一连、四连、六连在电厂周围构筑高射炮阵地和盘山公路。战士们努力奋战，很快完成了任务。

11 月，我军的高炮部队进入阵地后，原来驻守这里的苏军一个高炮师要从阵地上撤下来。他们提出，就地渡江。

三团的领导研究后认为，从长甸渡口潜渡最好。苏军高炮师的指挥员问为什么。

三团政委很客气地对他讲，若在水丰发电厂下面漕渡，江水又宽又浅，流速又急，大吨位的门桥不但不易控制，还容易搁浅，更何况它又是美军飞机重点袭击的地域，很不安全。而长甸渡口不但江面窄、水深、流速缓，且渡口隐蔽，美机不易发现，渡河速度不但不会慢，而且会比在水丰那里渡得快。

不巧的是，鸭绿江春秋季节容易起雾，雾大时对面不见人。在漕渡苏军高炮师时，偏偏遇上了大雾，火光联系不上，对面喊话，谁也听不见，门桥靠岸、江中航行都很困难。

战士们急中生智，把平时扭秧歌用的锣鼓家什找来，这一下可解决了问题。指战员们风趣地说："咱们是击鼓冲锋，鸣金收兵。"于是，大雾中响起了锣鼓声，舟桥"踩着锣鼓点"一趟一趟地过了江。

战地架桥

水中作业架设隐蔽桥

1951 年 10 月初的一天，工兵某团奉命抢修临津江支流上的一座公路桥。天正下着大雨，部队乘车冒雨开进。张团长坐在驾驶室里，紧皱着眉头思索着。

美军实施"绞杀战"后，快速修桥、建桥成了战胜"绞杀战"的关键之一。部队的抢修速度并不慢，两三天就能建好一座简易桥。但是，美军一颗炸弹下来，耗费几十个小时建好的新桥几秒钟就被炸坏了。公路通车时间少，常常有车队被堵在桥边，一堵就是一两天。看来，只是修桥、建桥是不够的，还得把桥隐蔽起来。

汽车颠了一下，把张团长的思绪拉回到车厢里。

司机嘟囔着说："这美国鬼子真可恨！这路是咱们上个礼拜刚修好的，这才几天啊，就被炸成了'搓板'！"

张团长说："路好走还要咱们工兵干什么。这天气正好赶路，美国鬼子的飞机不会来。"

这时，车队停了下来。一个战士跑来报告说，前面的路被炸了个大坑，走不了了。

"工兵还能让坑给挡住！"张团长穿上雨衣就下了车，向前面走去。

雨越下越大，远处的山峰早已没了踪影。雨水打在脸上，几乎让人睁不开眼睛。透过雨帘，张团长发现，几个白影在晃动。上前一看，是几个朝鲜妇女和老人正在往坑里填土。

他们没有雨衣，任凭雨水把自己浇透了。雨水顺着裤管往下流。妇女们头上顶着一个大罐子，来来回回地运土。老人们戴着纱帽，胡子都湿成了一绺一绺的，还在用锹把土摊平、拍实。

还有个小孩子抱着个瓦罐跑来跑去地运土，虽然每次运不了多少，但依然跑个不停。孩子被雨水浇得脸色煞白，一不留神便摔倒在泥水里了。

张团长连忙跑过去，把孩子扶起来，给他披上自己的雨衣。孩子说了句朝鲜话，张团长没听懂。一个朝鲜战士说："他说谢谢！"

张团长说："应该说谢谢的是他们啊！这么大的雨，还出来修路。"

一个须发斑白的朝鲜老人走过来，操着流利的汉语说："再有几个小时这坑就填平了。你们就能过去了。今天早上的时候，美国鬼子的飞机来轰炸，公路被炸了好几个大坑，我们已经填平了一些。但前面还有许多。唉！都是老人和妇女，干不动啊！"

张团长鼻子有些酸，他想起家乡的老父亲冒着大雨下田。他拉过身边的孩子，掏出一包饼干递给他，问："这孩子的爹妈呢？"

老人说："昨天被炸死了！大家都不让他来，可他偏要来，说要给爹妈报仇！"

张团长听了，看着路面上坚定的妇女，又看了看眼前的老人和孩子，感动地说："朝鲜的路，是朝鲜妇女用头顶起来的！"他回过头对通信员说："命令一连上来修路。让炊事班给朝鲜百姓做些姜汤。"通信员跑着去传达命令。

朝鲜老人连忙说："不用你们动手，我们全村的人都在修路呢。你们攒足劲，好到前线打鬼子啊！"

张团长说："大爷，我们是工兵，公路就是我们的前线。"

一连连长上来了，张团长指着弹坑说："看到没有，坑很大，一时半会填不平。后面的炮兵快上来了。限你们两个小时把路修好。"

朝鲜老人听了，惊讶得张大了嘴巴。一连连长却说："没问题！"

和美国空军斗了近一年，他们早就想出了对付弹坑的法子。战士们冲上来，他们先用原木在深坑内筑起两堆木桩，随后在木桩上架上拱梁，铺上桥板。没到两个小时，一段段便桥就在一个个弹坑上建好了。有的弹坑比较大，占了一半公路，战士们就架起单轨简易桥。将弹坑的一侧稍加修理，作为一半路面，同时在弹坑中架起一条可供汽车一只轮子通过的简易桥。

路修好了，朝鲜老人高兴得脸上的皱纹都开了花，说："志愿军真厉害，这仗一定能打赢！"

车队穿过雨帘，一路向南，来到了被炸坏的公路桥边。

张团长召集连长们开会，他说："以往我们修桥，常常是今天修好，明天就被炸了，费了几天劲，通车却不到一天。问题的关键就是，怎么把桥给藏起来？只要桥藏起来了，美国鬼子就炸不着，这路就能长时间通车了。也省得咱们四处奔命似的跑。"

一个连长说："团长，那么大个桥，怎么藏啊？这可不是你藏烟那么容易啊！"

张团长是个老烟民，兜里总是揣着两包烟。他又是个大方的人，所以团里的人都朝他要烟抽。一来二去，张团长自己没烟抽了，所以，他不得不藏起一两根烟应急。

张团长笑了："发现了啊！你们谁要想出个好办法，我就把这包'大前门'给谁！"说着，从挎包里掏出一包"大前门"香烟扔在桌上。

一连连长说："那肯定是我的了，我早就想好了，建潜水桥！"

"潜水桥！怎么建？"所有的人都看着他。

"拿铁丝编个笼子，装上石头沉进河里，打成石头坝，上面再铺上卵石，把桥面搞平。桥面离水面半米左右，河水既淹不了汽车的排气管，又把潜水桥隐蔽得严严实实。这样，表面上被肢解成一截一截的公路，实际上连成了一线。"

"好办法！""好主意！"帐篷里一片赞叹声。

"好！这包'大前门'就是你的了。"张团长把香烟扔给一连连长，"省着点，就这一包了，我还得朝你要烟呢！主意是你出的，你们一连就修这个水下桥吧！"

"保证完成任务！"一连连长吐了个烟圈，乐呵呵地说。

一连立刻行动起来，有的编铁笼子，有的上山采石，有的勘查现场，有的准备工具。全连上下忙得不亦乐乎。

第二天，雨停了，潜水桥开始施工。一个个铁笼子装上了大石头，扑通扑通扔进了水里，一车一车的鹅卵石哗啦哗啦地倒在了石坝上。一连的战士们光着脚在石坝上修平桥面，干了两三天，一座潜水桥修成了。

一连连长还让战士在桥两侧拉起了两道绳子，绳子上系上红旗。平时，绳子淹没在水下，有车通过时，绳子拉起来就成了路标。一连长望了望天空，抽着烟说："让美国鬼子找去吧！"

一个战士蹲在他旁边，看着河面上两条若隐若现的细浪说："站这么近都看不到，就别说在天上了……连长，那座旧桥咱还修吗？"

"修它干啥！这是团长布下的迷魂阵，只要那破桥还在，美国鬼子就不会来炸。"一连连长说，"明天派几个人上去，把废桥板和破钢轨扔到桥上，给美国鬼子演出好戏。"

第二天，一连的几个战士按照连长的部署对大桥进行了"伪装"。几个战士刚下桥，美军飞机就来了。飞机在大桥上飞了几圈就飞走了。

一辆辆载着各种物资的汽车开了过去，张团长望着浩浩荡荡的车队，觉得这种简易潜水桥虽然管用，但很快就会不堪重负，不被美军飞机炸坏，也会被这么多的汽车压坏。于是，他主动向上级要求，在河上再建一座更结实的水面下桥。上级立即同意，并表彰了他们的主动精神和创造精神。

　　架设水面下桥，这在我军历史上还是头一次。张团长也只听说苏联红军在反法西斯卫国战争中曾经架过，但无资料可资借鉴。

　　张团长找来政委和工程技术人员反复研究计算，由作战工程股股长画图，迅速拿出了一个宽 5 米、潜入水下 10 厘米、长 215 米的桥梁假设图案。

　　朝鲜的冬天来得早，10 月下半月就飘起了雪花，水温已达零度。为架水面下桥，部队在没有防水衣等防寒装具的情况下施工。

　　二营营长脱下棉衣棉裤，振臂大喊一声："同志们，跟我来！"率先跳进江里指挥作业。全营干部战士也都大声吆喝着跳了下去。尽管不少人冻得四肢麻木，上下牙被冻得直打架，不能开口说话，但仍奋战不息。

　　这时，张团长担心战士们被冻坏了，就让后勤部拿出白酒，让所有战士下水前喝上一口暖暖身子。同时，张团长下令：

　　任何人下水作业不许超过 20 分钟，否则关

禁闭！干部要以身作则，谁冻坏了战士，我饶不了谁！

晚上，干部们在工地上来回跑，对这个战士喊："你到时间了，马上上岸！"对那个战士说："上来吧，再不上来你就成冰棍了！"

但是，战士们一干起来就忘了时间，干部们只好一个一个地往上拽。

经过连续五昼夜的轮番突击，战士们终于按计划高质量地架好了两座重型水面下桥。水面下桥建好后，和浅水桥实现了双桥共渡。重型车辆走水面下桥，步兵走浅水桥，极大地提高了通行效率。

战洪水抢修公路桥梁

1951 年 6 月，志愿军工兵指挥部接到通知，连日来朝鲜北部大雨不断，各江河上游水位持续上涨，各部队要做好防洪护路工作。

志愿军工兵指挥部立即把这个通知转发给各个工兵部队。工兵二团接到通知后，决定除九连维护延金里约 15 公里长的轻便铁路外，其余 8 个工兵连分段负责维护市边里至胜湖里段的公路和桥梁。

接下来的 10 多天里，阴云连日不开，大雨倾盆而下。团部指挥所里都进了水。几个战士正在用脸盆往外淘水，薛团长站在水里给各连打电话，提醒他们注意防洪："一连吗？你们那里靠近山坡，山上植被稀疏，要警惕山洪和泥石流。"

"放心吧团长，我们已经挖好了引水渠，部队都搬到了高处。"一连指导员的说话声音特别大，震得薛团长的耳朵疼。

"你说话小点声，小心让美机听见了！"一连的布置很妥当，薛团长很高兴，不由得开起了玩笑。

"二连吗？你们那里的公路刚刚修好，路基还不坚固，要注意维护。单轨简易桥可能被泡坏，派几个人上去加固一下。"

"是，我马上带人上去。"二连连长操着东北口音说。

"三连，你们派几个战士到 5 号工区，那里有个急转弯，又是下坡。这么大的雨，司机可能看不清道路。让战士站在那里指挥交通。翻了一辆车我就降你们连长一级！"

"是，保证不翻车。"电话那边是个值班员，其实，连长已经站在公路上指挥交通了。

……

7 月 20 日，暴雨袭来，山洪暴发。因为各连准备得当，除了帐篷进水外，部队没有遭受任何损失。趁着下雨，美军飞机不会出动，二团组织人员对道路和桥梁进行加固，把弹坑填平。

31 日，大雨终于停了下来，火辣辣的太阳照得大地雾气腾腾。然而，连日大雨使江水猛涨，水位上涨了 10 倍还多，江水已经溢出河床。在水里泡了一个月的河堤终于顶不住了，轰隆一声决了口。

黄色的江水似受惊的马群，翻着白浪滚滚而出。洪水瞬间吞没了房屋和良田，冲坏了道路和桥梁。两米多高的房屋没了踪影，4 米多高的电线杆只剩下了个尖，桥梁歪歪斜斜地倒在江水里，道路被冲成一段一段的。

交通中断了，驻地群众的生命财产受到严重威胁。

二团立即一面组织兵力抢救群众的生命财产，一面尽快抢修道路和桥梁。

水陆两栖车开到洪水里，把困在树上的朝鲜百姓救了出来。战士们在江水中拉起大网，拦截被冲下来的财物，然后收集起来准备让朝鲜百姓认领。

工地上，干部战士们在湿热的空气里和黏糊糊的泥水里挥汗如雨地抢修。此时，他们也顾不上防避美军飞机的轰炸扫射了。美军飞机临空了，没有人离开现场，炸弹下来了，往泥水里一扑，子弹打过来了，在桥墩后面一藏。山上的高射炮开火了，美机吓得夹着尾巴跑了。

战士们在泥水里不分昼夜地奋力作业，终于使任务区内的公路通了车。

可还没等大家喘过气来，8月4日，第二次洪峰接踵而至，水位比第一次还高，刚架好的桥、修好的路又被冲毁。指战员心急如焚，连湿衣服都来不及换下又继续投入了抢修。

此时，美军趁朝鲜北方洪水泛滥之机，出动大批飞机，轮番轰炸封锁我方交通要道。抢修工作不得不转入夜间。

8月8日傍晚，二团五连作业区内下有里大桥被炸断，三排长陈玉春接受抢修任务后，率全排跑步赶到现场，迅即冒雨投入作业。

汗水、雨水把衣服搞得湿淋淋的，行动很不方便。陈排长脱掉上衣和背心，仰起脸浇了一会儿雨水，大喊了一声："痛快！同志们，加油干哪！这雨正好给我们洗澡了！"

一看排长脱了衣服，战士们也脱了上衣，有的战士

战地架桥

索性只穿着短裤作业。夜色中，一群汉子光着脊梁，露出一身强健的肌肉，挥动铁锤和锹镐打桥桩、挖土石。叮当的响声，口号声不绝于耳。

指战员们一直干到第二天 13 时许，一条平展的道路出现在大雨中，倾斜在河水里的桥梁又顽强地站了起来。道路终于恢复通车。

一辆辆汽车开了过来，司机们按着喇叭，向工兵们表示感谢。

陈排长正和战士们欢呼，从一辆汽车里飞出了一个东西，正砸在他怀里。陈排长抓住一看，是一包没开封的"大生产"香烟。一个司机从驾驶室里探出头来说："同志们，辛苦了，抽根烟，解解乏吧！"

不久，工兵指挥所为二团五连三排立集体三等功一次。但陈排长总觉得那包香烟比军功章还值得炫耀。

第二次洪峰过去不久，第三次洪峰又到了。它将二团八连任务区内的大同江上的胜湖里大桥冲垮，使联结前沿阵地和后方的交通中断。而这时美军正发动夏季攻势，我军前线急需粮弹。

为此，洪学智亲临胜湖里桥视察。他对二团的工兵们说："你们工兵团的任务十分重要，很艰苦也很光荣，如果前方没有弹药和给养，打败美军就非常困难。前方的伤病员如果不能很快运到后方，伤亡就会更大。现在汽车过不了江，堵在桥头，倘若美军飞机来轰炸，那后果将不堪设想。你们工兵的任务，就是要动脑筋，想办法，让汽车尽快过江。"

薛团长看着洪学智熬得通红的双眼说："司令员，炸坏的桥短时间内不能修复，为了应急，是否可以漕渡汽车过江？"

作战工程股股长插话说："虽然没有制式门桥器材，但我们可以用汽油桶做。以前我们在国内就这么干过。"

洪学智说："能行吗？"

薛团长坚定地说："没问题。"

漕渡的任务交给了八连。八连找来了几十个大汽油桶，封闭了汽油桶的出油口，然后用铁丝捆扎起来，再在上面铺上木板，用双脚钉固定，一个简易的门桥就做成了。

当天，进行了试渡，把一辆汽车安全漕渡到了对岸。洪学智乐得直拍巴掌，连声说这个办法好，要在志愿军中推广。接下来，八连不分昼夜地进行漕渡。

一天夜晚，八连正用门桥漕渡，美军飞机飞来了。美机先是打出一串串照明弹，照得江面上一片雪亮。接着，美军飞机就轰炸扫射。这时站在岸边的同志们都替江上的人捏着一把汗。

炸弹在舟桥边爆炸，掀起的水柱差点掀翻舟桥。战士们连忙下蹲，用身体的重量稳住舟桥。在舟桥上的汽车司机爬上车厢，抄起步枪对着低飞的美机射击。

"老兄，别打了，连个毛都沾不上呢！"一个工兵战士说。

战地架桥

"打不着也吓吓他，志愿军不是好欺负的!"司机愤愤地说。

"别费那工夫了，下来帮我们划吧!"另一个工兵说。

司机连忙跳下车厢，用铁锹划水。江面上响起战士们响亮的口号声："划呀划呦! 用力划呀! 工兵战士本领大……"

当晚，八连硬是在美军飞机的袭扰下将门桥漕渡到岸。此后美军飞机虽常来袭扰，但门桥漕渡一直未停，直到胜湖里大桥修复，漕渡才告结束。

在第三次洪峰期间，大同江洪水到达平壤时，当地的朝鲜百姓弃家四处躲避。有的爬上屋顶，有的爬上树。在二团驻平壤器材站附近，一些草房顶上有数百群众，生命危在旦夕。

二团供应站宋慈民、李德芝见状后，立即带领人员，开动水陆汽车往返抢救。他们连续奋战 19 个小时，救出群众 400 多人。当他们回到驻地时，已经一天一夜水米没有沾牙了。

类似工兵二团战胜洪水的事迹在朝鲜的志愿军工兵中比比皆是。

昼夜抢修战地大桥

1950 年 10 月中旬，铁道兵团第一师开赴我国东北边境，首批入朝执行战地铁路的抢修和保障任务。

在行军的队伍中，有一个身材高瘦的干部，他紧闭着双唇，迈开大步走在队伍之中。别看他很少说话，他可是铁道兵团赫赫有名的"登高英雄"杨连弟。

杨连弟 1919 年出生于天津市北仓镇。他家境贫穷，14 岁时学鞋匠，以后又当过电工、架子工，练就了一身登高技能。

1949 年年初，天津解放后，杨连弟参加人民解放军第四野战军的铁道兵纵队。

在修复当时全国第一高的陇海 8 号桥时，杨连弟手持带钩的长杆，仅以一块木板作掩护，攀上 45 米高的桥墩。他连续实施爆破百余次，清除桥墩混凝土 26 立方米，整平了 5 座桥墩顶面，提前 20 天完成任务，立大功一次，获"登高英雄"称号。

桥梁专家不禁赞叹："战士中真有能人啊！"

1950 年 12 月中旬，杨连弟所在的部队在成功修复鸭绿江大桥后，奉命开赴顺川，在抢修大同江正桥的同时，抢建一座铁路便桥。

杨连弟所在的第一连，在江桥北岸负责开挖冻土

战地架桥

5000立方米的任务。这时正是寒冬腊月，大同江两岸早已冰封雪裹，地冻盈尺。

1951年1月，派去抢修该桥的第四连，请求"登高英雄"杨连弟去协助。杨连弟奉命带领起重组，匆匆赶到了沸流江大桥工地。

沸流江桥抢修工程主要是修复被炸坏的桥墩，把炸落在江中的钢梁捞起来，架梁通车。

因为美军飞机骚扰，抢修只能摸黑进行。在打捞钢梁过程中，美机不断地在头顶上盘旋，现场没有一点灯光。四连的同志们，借着微弱的星光，边防空边抢修，用起重机吊装落在江中的钢梁，进度缓慢，这急坏了杨连弟。

早晨，抢修部队都回驻地休息了，杨连弟爬上一个小山头，观察现场。

沸流江大桥已经被拦腰炸断，被炸断的钢梁斜插在激流之中；江北岸的隐蔽洞里，等待进发的列车不时地鸣着催行的汽笛；从南岸过来的伤员，在狭窄的浮桥上拥挤着……

一群美军飞机怪叫着掠过山头，在早已炸毁的大桥上轮番倾泻着炸弹，一团团烟雾腾空而起。

杨连弟聚精会神地思考着，从美机扫射中摸索着规律。他想：美机轰炸扫射虽然频繁，但批次之间有一定的间隙。利用这个间隙，抓紧白天抢修，总比摸黑干效率高啊！抢修，就应该利用这个"抢"字。

杨连弟把自己的想法向领导作了汇报。领导经过认真研究，采纳了杨连弟的建议。

这样，杨连弟和战友们与美机玩起了惊心动魄的"藏猫猫"。

杨连弟带着 8 个同志来到现场，事先选好防空壕，并仔细地分了工。他们每人腰间系了一条长绳子，然后登上桥墩，开始打捞钢梁。起重机轰隆隆地响着，江中的钢梁在缓缓上升。

突然，4 架美机从云缝中钻出来，直向桥中心俯冲。杨连弟和他的 8 个战友马上利用腰间的长绳子，从 15 米高的桥墩上敏捷地滑了下来，躲在桥墩的背后。

狡猾的美军好像发现了杨连弟的"战术"。此后的几天里，他们用机枪轮番扫射桥中心的起重机架，杨连弟也用同样的办法滑下来隐蔽。等美机一走，他们又争分夺秒爬上桥墩展开抢修。

就这样和美机做了 3 天捉迷藏的"游戏"，沸流江大桥的抢修提前三天完成了。早已等待在江岸的列车，鸣着汽笛，穿过大桥，奔赴前线。

杨连弟在沸流江大桥带领小分队创造了白天抢修的奇迹！

1951 年 7 月下旬，杨连弟所在的第一连，转战到东清川江大桥，此时，杨连弟已晋升为副排长。

东清川江大桥是满浦铁路线上重要的交通咽喉。因屡遭美军飞机轰炸，第一至第四孔钢梁早被炸毁，3 号墩

战地架桥

全毁，1号墩被炸去半截。

7月18日，第五和第六孔钢梁又被炸落。7月28日到30日，清川江暴发了40年不遇的大洪水，正桥上用几千根枕木搭成的桥墩被冲得无影无踪，庞大的钢梁也被咆哮的激流卷走。

修复3号墩是全桥抢修的关键。杨连弟所在的第一连担负了抢修3号墩的任务。

第三号桥墩离江岸40多米，那里水深浪大，流速每秒6米，施工中运料来往极不方便。抢修3号桥墩，首先要搭一座通到桥墩基础的便桥，搭设便桥的第一步就是要搭通向3号墩的吊桥。

一连的战士们冒着狂风暴雨紧张施工。可是，吊桥的架子还没有绑好，一阵巨浪就把它冲垮了。战士们又用木排搭浮桥，木排刚一放到江里，又被汹涌的洪峰打散，碗口粗的原木也被折成两截，在江水里乱滚。战士们还采用其他办法，也都没有成功。人人心里都十分焦急。

一天早晨，天还没大亮，杨连弟就到连部找到副连长李振远说："我们这样干不行啊！你看，木马便桥，木排浮桥，一次一次都被洪水冲垮了，多叫人心疼！你想想，大桥晚通一天，要给前方增加多少困难啊！"

他随即把自己琢磨了好些天的主意向副连长作了汇报：用两根钢轨扎成"X"字形的脚架，一节一节往江心延伸，在上面搭便桥。

连里把杨连弟的建议报到了团部。团领导认真研究后，同意了这个建议。

杨连弟像往常一样，一马当先，第一个爬到晃晃悠悠的钢轨头上，两腿盘住钢轨，弯着腰向插在急流中的架子脚上穿螺丝。

大雨劈头盖脸地下着，浸得人眼睛都睁不开。杨连弟在江水里工作一会儿，便直起身子换一口气，揩一下脸上的雨水，然后再弯下腰去干。

就这样干了半天，也只扎好了3节钢轨架。

杨连弟真急了："这哪行，简直是白费工！来，咱们下水干。"

然而，江水湍急，像出笼的野兽，插在江心的钢轨被冲得几乎要倒下。在江心，人是无法站稳脚的。

杨连弟脱下湿淋淋的上衣，对班长隋建章说："来！我们脸对脸地站着，你抓住我的头发，使劲往下按，我在深水里穿螺丝。"

隋建章认为太冒险。杨连弟坚持自己的意见说："来吧，不要紧，你只要使劲抓住头发，我保险出不了事！"

两人又顺着钢轨滑到江心，杨连弟在水下拧螺丝，急流漫过了他的头顶，激起了很高的浪花。隋建章紧紧抓住他的头发，一点也不敢松劲。

岸上的人们都为他捏着一把汗，只见杨连弟一会儿被滚滚的江水淹没了，一会儿又冲破浪花露出头来。

经过10多个小时的艰苦劳动，用钢轨扎成的便桥快

战地架桥

要架到第三号桥墩了。

就在这快要完工的一刹那，一阵更大的洪峰，又把钢轨架推翻了。大家急得都想不出办法来了。

杨连弟默默地蹲在江岸上，两眼紧盯着江水，脸色发青。同志们劝他回去休息一下，他却斩钉截铁地说："还要搭，一定要搭成功!"

琢磨了一天，杨连弟提出了用汽油桶搭浮桥的办法。先把几个汽油桶连成一个整体，再用钢轨把它接起来，放到江里架浮桥。

施工进入了更加紧张的阶段，杨连弟已经两天两夜没睡觉了。

这天，他在岸上喝了两口酒，又急忙游向江心，在油桶拼成的浮桥上绑架子。

由于汽油桶浮力不足，被浪头掀得晃来晃去，把浮桥压在了水里。突然，"哗"的一下，浮桥被冲断，油桶原木散开了，随着波浪满江乱滚。

杨连弟在激流中抓住一只油桶想骑上去，打捞冲散的材料，可是，刚伸出手，又一阵浪头打来，油桶翻滚了一下，杨连弟被翻到江里去了。

刚上岸的同志都急忙跳到水里去援救他，可是在宽阔的江面上，只有那顶草帽还在急流旋涡里打转转，人却不知冲到哪里去了。

正在人们着急的时候，杨连弟冒出了水面，恰巧在一根钢轨桩附近，他扑过去抱住了它。同志们都高兴极

了，大伙都赶忙跑过去，把他拥上岸来，争着给他换衣服。

杨连弟坐也坐不稳，冻得发抖的手里，还紧紧地捏着一把钳子。原来杨连弟在掉到江里、生命最危险的时候，也没有放掉自己手里的这把小小的钳子。

这件事马上在工地上传开了，同志们都为他的精神所感动，纷纷提出口号："向杨连弟学习，一定要战胜洪水！"

一连的同志们都怀着像杨连弟那样的决心，跟洪水进行顽强的搏斗，终于用汽油桶和钢轨把被冲垮 11 次的浮桥架到了 3 号桥墩上，而且比计划提前两个小时，为尽快抢通清川江大桥创造了良好条件。

经全体干部战士奋力与洪水搏斗，大桥于 8 月 22 日修复通车。杨连弟荣立一大功、两小功，他领导的排也荣立集体功。

1952 年 5 月上旬，杨连弟和他的连队再一次转战到东清川江大桥。

此时，停战谈判已经开始，美军为了在谈判桌上争取主动，扬言"让飞机大炮说话"。因此，美军飞机对清川江大桥的轰炸更加频繁起来。

虽然桥一次次被破坏，但杨连弟领导连队顽强地战斗着。美军在"绞杀战"中连续轰炸，铁道部队针锋相对，连续抢修，始终保住了这条"打不烂、炸不断"的钢铁动脉。

战地架桥

5月15日清晨，一片片高射炮炮弹爆炸的余烟还残留在清川江大桥上空，杨连弟又带着战士们来检查桥梁了。

他发现新修起来的第三孔钢梁，由于夜里过车太多，震动得移位了5厘米。他叫战士们把压机抬到桥上来，准备把钢梁移正。

就在杨连弟指挥战士们起梁的时候，一颗定时弹爆炸了，一块弹片飞来，击中了他的头部，"登高英雄"杨连弟倒下了。

为表彰杨连弟的英雄业绩，中国人民志愿军总部于1952年6月4日给杨连弟追记特等功，授予"一级英雄"光荣称号，命名他生前所在的连队为"杨连弟连"。

朝鲜民主主义人民共和国政府特颁发政令，追认杨连弟为"朝鲜民主主义人民共和国英雄"，并授予金星奖章和一级国旗勋章。

为纪念杨连弟的不朽业绩，中央人民政府铁道部接受群众建议，命名陇海路"八号桥"为"杨连弟桥"，并在桥头建立了纪念碑。

五、 长途抢运

● 汽车几乎是在弹坑上飞，前轮刚驶出弹坑，后轮就又搭上了另一个弹坑的边。

● 小范回头看了一下，发现两车之间只有一根手指那么宽，但就这一指宽的距离，两辆车就这么错了过去，连油漆都没擦破。

● 一个宣传干部看到一个运输兵背了6箱炮弹，惊讶地喊："那是谁啊！背了6箱子炮弹！马才驮4箱，他背6箱！"

汽车兵练就夜猫眼

1951 年 9 月的一个夜晚,志愿军汽车某团的司机陈序驾驶自己的嘎斯 51 型汽车,满载一车炒面,向战斗前线驶去。

此时,美军的"绞杀战"已经开始,美军一改夜间不实施轰炸的惯例,夜间出动轰炸机实施轰炸。这种轰炸机带有照明弹,有的还装有探照灯,专门炸趁夜行驶的志愿军车队。

陈序的副驾驶小范是个十七八岁的小伙子。他刚到朝鲜,这是他第一次出车,也是他第一次坐在副驾驶的位置上。来朝鲜时,小范一直都是坐在车厢里,这次坐在驾驶室里,不禁四处都想摸摸看看,几乎忘记了自己即将上战场了。

看到小范的样子,陈序不禁想起了自己第一次上汽车时,和眼前这个小伙子一样显得有些傻乎乎的。他问小范:"白布单带了吗?"

小范拍了拍挎包说:"在这里呢。陈师傅,带白布单干啥啊?"

"待会你就知道了。"陈序一边启动汽车一边说。

小范看到陈序的身后亮着一个小手电筒,问:"陈师傅,这是干啥的?这么大点亮,看书都不顶用。"

"照路用的。"陈序紧握方向盘，瞪大了眼睛，紧紧地盯着汽车前那条灰白色的公路。

"书都看不了，还能照路？"小范还想问，但看到陈序脸上严肃的表情，就闭上了嘴巴。这些老兵，脾气都大着呢，第一次跟着出车，别把老兵惹翻了。小范心想。

车没开出多远，灰白色的公路上出现了一个接一个的黑黝黝的圆圈。陈序知道，那是弹坑，美军飞机肯定刚走，得赶快通过。他把油门踩到底，对小范喊了一声："坐稳了！"小范刚抓紧车门上的把手，汽车就蹿了出去。

汽车几乎是在弹坑上飞，前轮刚驶出弹坑，后轮就又搭上了另一个弹坑的边。汽车就像是风浪里颠簸的小船，摇晃着、起伏着，飞快驶过一个个大大小小的弹坑。

开过了这段坑坑洼洼的公路，汽车开上了盘山路。陈序放慢了速度，让汽车慢慢地沿着山路往上爬。

小范瞪大了眼睛，仔细寻找着公路的边缘，可是他什么也看不见。他只能看见一条模模糊糊的灰白的带子绕着山脚不停地转。

小范有些心虚了。出发前，几个和他一起入伍的新兵跟他说过这段路，叫十八盘。公路沿着山峰盘旋上升，公路的一侧就是陡峭的山坡。司机只要稍不留神，多打一点儿轮，汽车就会滚下山去。他看了看陈序，黑糊糊的只看到一张轮廓不太分明的脸。这样黑的天，陈师傅能看清路吗？他担心地想。

小范不知道，陈序和很多老汽车兵一样，已经练出了一双"夜猫眼",多黑的路也能确保行车安全。

有天晚上,汽车在路上坏了,是分电器出了毛病。当时天黑得伸手不见五指。陈序跳下汽车,掏出准备好的零件,凭着手感在几百个零件中准确找到了分电器,并把它换了下来。这个绝活,不仅陈序有,团里的其他老兵也有。

汽车又要转弯了。陈序突然按了一下喇叭,"嘀嘀"的声音传出去很远。接着,对面也响起了"嘀嘀"的喇叭声。不一会儿,小范看到一个黑糊糊的东西迎面过来了,是辆汽车。

小范再也憋不住了,他问陈序:"陈师傅,你怎么知道对面有车过来啊?"

陈序指了指身后的手电筒,又指了指对面说:"你没看到对面有个亮吗?"

小范向对面看去,果然看见有个比萤火虫亮不了多少的亮点。他终于明白陈序身后的小电筒是干什么的了,原来,它是告诉迎面开过来的司机,有汽车开过来了。这么大点的亮光,在天上根本看不到。但在公路上,对那些练就"夜猫眼"的老汽车兵来说,却比探照灯还要亮。

山路狭窄,两辆汽车几乎是挤在一起错车。小范回头看了一下,发现两车之间只有一根手指那么宽,但就这一指宽的距离,两辆车就这么错了过去,连油漆都没擦破。

小范兴奋得两眼直冒光，看着陈序说："陈师傅，你真行，这么窄的弯道也能错车！"

"没啥，老兵都有这本事……要过桥了，待会你得下车，引导我过桥。"

"怎么引导？"

"披上白被单，在桥上走，我看着你过桥。记住，一定要走桥的正中央。"

小范这才明白，白被单是干这个用的。

汽车停了下来，小范下车一看，哪有什么桥啊，只有两条钢轨架在深五六米的大坑上。钢轨上铺着木板，人可以在上面走，但汽车压上去非折了不可。他忐忑不安地披上白被单，走了上去。

陈序紧紧地盯着那片白色，手脚不停地调整着车速和方向。汽车轮子宽几十厘米，而钢轨只有几厘米宽。轮子的中心必须搭在钢轨上，否则稍微一打滑，汽车就会掉到坑里。汽车前轮缓缓地前进，压上了桥头，接着又驶上了钢轨。

小范发现，汽车的轮子严丝合缝压在了钢轨上，一点也没有偏。

过了桥，小范更加兴奋了，竖起大拇指对陈序说："陈师傅，你的技术真是盖了帽儿了！"

"呵呵，没啥，没啥，老兵们都这样！"陈序笑着说。

汽车上坡的时候，附近的山上响起了枪声。"不好！美国鬼子的飞机来了！"陈序大声说。

"快跑吧！"小范一听慌了神。

"正上坡呢！一加速汽车还不得滑下去！"陈序冷静地说。

这时，美军飞机开始打照明弹。大灯笼一样的照明弹在夜空中缓缓地滑落，刚落下去一颗，又打出一颗。方圆数公里的地方被照得亮如白昼。

汽车被发现了，美军飞机开始投弹。炸弹在汽车周围落下，炸起一片泥土，弹片打在汽车上叮当直响。汽车外一片火光。

"趴倒在座位上，不要抬头！"陈序大声对着小范喊。小范连忙钻到了仪表板下面。陈序踹了小范一脚："往外一点，别妨碍我开车！"小范赶紧蜷缩身子。

汽车在弹雨中吃力地往山坡上爬。突然，陈序感到汽车一震，紧接着汽车就向左倾斜。他赶紧往左打轮，稳住汽车。凭经验，陈序知道汽车被击中了。但是，这个时候只能继续开，绝不能丢下汽车不管。

陈序缩到仪表板后面，两只手探出去抓紧方向盘，用腰托住身体，两只脚灵活地控制住刹车和油门。他想：只要汽车没被炸，就得把车开上去。

汽车终于爬上了山坡，陈序噌地坐起来，一踩油门，挂上高速挡，汽车像离弦的箭一样冲了出去，消失在夜色中。

到了目的地，小范下车检查汽车，他惊喜地发现，除了雨刷被炸飞了、左轮被打爆，汽车只是多了几个弹孔。陈序听了也很高兴，推开车门就要下车。可是一脚就踏空了，摔倒在地上。

小范连忙跑过来搀起陈序。两个人抬头一看，发现左侧的脚踏板没了，车门上嵌着一块龇牙咧嘴的弹片。原来，闯过美机封锁时，弹片打飞了脚踏板，又打中了车门，但没有穿透。如果穿透了，那里正好是陈序的腰部。

朝鲜人民军的几个战士看到了这辆汽车，不由得啧啧称赞。一个会汉语的人民军战士说："你们真有运气，能活着回来。"

小范说："这可不是运气，是技术。陈师傅能在夜里看清路面，长了一双'夜猫眼'。"

朝鲜人民军战士听了，惊讶得不得了。

长途抢运

汽车连老兵智斗美机

1951 年 2 月，在第四次战役中的横城反击战中，四十军后勤汽车一连担任火线运输任务，负责从乌开里往一一八师的前线阵地运送炮弹和粮食。

此时，正是美军展开"绞杀战"的前夜。虽然此时"绞杀战"这个词还没有出现在美军的文件上，但是美军已经开始为即将到来的"绞杀"行动做准备。他们出动大批飞机对志愿军各条运输线实施侦察和轰炸，甚至连速度比较慢的直升机也加入到轰炸的行列中。

与此同时，已经入朝近半年的志愿军汽车兵也摸出了一些美军飞机的活动规律，并想出了对付美军飞机的办法。夜间闭灯行车，设置防空哨，组织人力清扫公路上的炸弹等许多行之有效的办法大大减少了车辆和物资的损失。

在与美军飞机的斗争中，一些老兵用自己的经历总结出了最为有效的经验。

在一连，有位老司机叫崔景廷，是北京通县人。他开车有个特点，夜间驾驶的时候从来不闭灯驾驶，就是飞机来了，还是照样开灯加速飞驰。

汽车兵都知道，在夜间行车开灯等于告诉美军飞行员说"我在这，朝这打"！但是，崔景廷自从当上汽车兵以来就一直开灯行车，却连根头发都没伤着。

他的这股不要命的劲头在汽车兵中声名远播，人人都说他是"二愣子"。

不过，没有人相信自己会有崔景廷那样的"好运气"，于是，汽车队的战士谁也不愿和他一起"走"。为了不连累别人，这崔景廷倒也干脆，脱离车队，自己走。

货物一装上车，崔景廷也不等别人，就开着灯，一溜烟地先跑了。结果当车队到达目的地时，他却烤完火出来了，一口京腔京味儿地对战友们说："你们才来啊！我已经歇息一天了，倍儿爽！"

尽管如此，战士们还是不愿为多烤一天半天的火而与他一块冒险。连长也说："我们不赞成去冒这个险，多牺牲一个同志，就是对革命犯罪。"

崔景廷却说："连长，你看我牺牲了吗？"

看到崔景廷欢蹦乱跳的得意劲儿，连长也没办法，只好让他继续跑单干，说："你包干完成你的运输任务。"这等于是默许了崔景廷的"跑单帮"。

崔景廷并不是靠运气，而是靠智慧。有一次，他出车回来，车上又多了几个弹孔，但崔景廷还是一点儿也没伤着。

连长想到，入朝时一连有 50 辆缴获的美国道吉车，到了现在就剩下崔景廷的那辆了。崔景廷这人脾气虽然很偏，但技术很好，能多次从美军飞机的轰炸中死里逃生，肯定有经验。于是，连长就让指导员找崔景廷，让

长途抢运

崔景廷给大伙讲讲经验。

崔景廷笑呵呵地说:"嗬,有什么经验?说实话,开头大鼻子的铁鸟儿追我,我心里也憋得突突的。一排机关炮打下来,离你只差几公尺远,噼里啪啦直冒火花,一串炸弹扔下来,轰轰隆隆炸得公路都打哆嗦。您说,我心里能不害怕吗?可是经过几回,我心里就有底啦。你大鼻子的铁鸟再能耐,也只能在天上飞啊,又不能下来抓我,我怕你干什么?你飞你的,我跑我的,哪有那么巧就打上我!"

李指导员一听就知道崔景廷爱吹牛的毛病又犯了,不高兴地批评说:"老崔,这是让你介绍经验,不是让你开吹牛会,谁说大鼻子的飞机打不着汽车?那49辆大道吉呢?!"

"嗨,这就是巧儿啦!"看到指导员有些生气,老崔连忙收住嘴,开始说正事,"人是活的呀,咱也不能一条直线一个速度,被动地等着铁鸟来打。铁鸟撵我,我就猛跑,它俯冲下来,我就减速、急停,以慢制快,让它扑空。等它扫完射、投完弹,我就加大油门往前猛冲,以快制慢,等它绕个大圈,从头再来时,我已经跑出很远了……"

"急停猛跑"就是崔景廷的经验。一连进行总结后,在全连推广,很快为大家所接受。结果,一花引得百花开,全连先后出现了10多位敢于和善于与美军飞机作斗争的英雄汽车兵。

后来，崔景廷的事迹让志愿军分管后勤的洪学智副司令员知道了，他特地向温玉成军长打听他跑单干的事。

到美军实施"绞杀战"时，崔景廷的经验发挥了作用。美军飞行员发现，那些开着灯跑的汽车比兔子还难打，炸弹都扔光了，汽车还在公路上像流星一样飞跑。

像崔景廷说的这样的经验在志愿军汽车兵中不少。如：美军飞机打照明弹时，照明弹如果扔在前方就不能冲，在上方时必须冲，而扔在后方得赶紧冲；如果追得紧，就停车，点着几块破油布放在车上，让美军飞行员以为汽车被打中了。当飞机平飞经过汽车上空时，即使开着大灯跑也没关系，飞机干瞪眼没办法。等美军飞机兜个大圈子绕回来准备俯冲攻击时，把车灯一关，飞机顿时失去了目标。

雪天出车别忘了带块大白布，那是最好的伪装；夏天出车带根木头，飞机来了没处躲时，把木头往车厢上一搭，再摆上些树枝。这样，从天上看去，和放倒的大树没什么区别。在城市里行车，多带个破铁皮没坏处，遇到飞机，把破铁皮往车上一盖，汽车就和废墟融为一体了。在沙石路上跑车遇到飞机时，开车猛跑，能掀起很大的尘土，就像放了烟幕弹一样。

1951年8月的一天，一连的一辆汽车正在盘山路上行驶，突然传来了防空哨的枪声。司机一看，一架飞机从左侧平飞过来，就没理它，四平八稳地找了个地方停了下来，然后把捆在车厢边上的木头搭在车厢上，又从

长途抢运

路边扯下一些树枝盖在车上。接着，司机跑到树林里抽起烟来。

美军飞行员在平飞时发现有辆汽车，就连忙爬升，然后兜个圈子飞回来准备俯冲轰炸。可是等他飞回来的时候，却发现汽车不见了。带子一样的盘山公路上空荡荡的，什么也没有。飞行员找不到目标只好悻悻地飞走了。

汽车司机看到飞机飞走了，也悻悻地说："咋这么快就走了，让我抽根烟的工夫都没有！"他狠吸了两口烟，扔掉烟头，踩灭后上了汽车。汽车又上路了。

没走多远，又响起急促的枪声。原来，美军飞行员不甘心，又飞了回来，一下子就看见了汽车，正好和汽车打了个对头。美军飞行员大喜过望，俯冲下来又是投弹又是扫射。

志愿军司机立刻加大油门，迎着飞机冲了过去。他知道，如果这时候停车，就正好停在弹雨里，只有冲过去才能安全。汽车吼叫着掀起滚滚烟尘，顷刻间就冲过了弹幕，转过山脚就钻进了一个事先挖好的防空洞。

汽车司机站在洞口，掏出烟卷又抽了起来。他吐了一个大烟圈，轻松地看着飞走的美军飞机，说："凭你，还想和我斗！"

汽车兵巧用空汽油桶

　　1951 年 7 月，美军发起"绞杀战"之后，志愿军的汽车损失严重。针对这个问题，1951 年 10 月，志愿军后勤部对汽车部队进行了重新整编，增加了汽车部队和汽车的数量。

　　整编之后，志愿军的汽车团从参战初期的 6 个团增加到 13 个团，汽车增加到 4000 辆，从而缓解了一直以来的运输力量不足的问题。

　　但是，问题接踵而至。因为汽车数量增加，零配件就显得日趋紧张，油料也显得捉襟见肘。

　　这一天，志愿军某汽车团接到了一个奇怪的通知：收集美军扔下的汽油桶。任何人只要拉一个空汽油桶回来，就奖励一包"大生产"香烟。

　　团长接到命令，感到有些奇怪，上级要空汽油桶干什么？联想到美军利用汽油桶修筑工事，团长猜测，可能是前线借鉴美军的经验，也要修筑汽油桶阵地。

　　于是，团长把这个通知发了下去，还特别强调，不仅每个司机都要传达到，机关、炊事、通信人员也要传达。通知下发之后，抽烟的人都高兴了，一个汽油桶就换一包在当时来说还不错的香烟，这真是件好事。

　　当时，从云山到汉城公路两旁的沟渠里，到处都有

長途抢运

美军丢弃的空汽油桶，俯拾皆是。不仅自己能抽上香烟，还能为前线多出一份力。

不抽烟的人也很高兴，多捡个空汽油桶，能帮助前线打击美军，就多收集一些吧。

这天，汽车兵老王又上路了。他是老烟民了。本来，他是不抽烟的，可是当上汽车兵之后，经常跑夜路。有时候困得睁着眼睛都能睡着，好几次差点就栽到弹坑里。后来，他听说抽烟提神，所以从解放战争开始就抽上了。这一抽就是6年多，抽了这么多年烟，手指都熏黄了。

接到通知之后，他非常高兴。向前线开的时候就一直注意观察哪有汽油桶，然后记下来，等到回去的时候好装上。

闯过了美军飞机的封锁线，老王平安地把一车火箭弹送到了阵地，然后往回走。到来时看好的地方停车一看，空汽油桶都没了，原来，路过的汽车早就拉走了。"真不够意思，也不说给我留一个。"老王嘟囔着又往前开，连续几个地方都是空的，空汽油桶压出的痕迹还在，显然是刚搬走的。

老王加快了车速，超过了好几辆汽车，终于在一个树林里找到了10个空汽油桶。他兴奋地装上车，高兴地往回开，一边开一边高兴地想：10个汽油桶至少能修10米长的工事，能掩护10个战士，自己还能得到一条香烟。

回到车队，老王发现，车库旁边已经堆满了空汽油桶，摞得像个小山一样。油料科的几个战士正忙着记录。一个战士喊："都在桶上做好记号，我们好给你们计数。"

老王听了，俯身捡起一块石头，在自己的空汽油桶上写了个"王"字。

第二天，老王抽着用空汽油桶换来的香烟上路了。

两个月后，志愿军后勤部送来了 10 多车汽油。老王跑去领油料。在一个汽油桶边上，他发现桶上刻着一个"王"字。他怎么看这都是自己写的字！

老王转身问后勤部的人："这汽油桶不是送到前线修工事吗？怎么又回来了？"

"谁说用汽油桶修工事！前线都成了地下城了！苏联人给咱们汽油都是用大槽车运的，没有汽油桶运不上来，就让你们拉空汽油桶……"看到老王一脸的疑惑，后勤部的人说。

想到自己跟战友们吹牛说自己在前线看到"汽油桶阵地"，老王想，这下可被战友们抓住把柄了。

"哈哈！"后勤部的人以为老王糊涂了，就笑着说，"被你们团长蒙住了吧。别怪他，是我们没传达清楚。这次，加上你们收集的，共向国内送了 10 万个空汽油桶，可解决大问题了。"

就在老王想着怎么为自己吹的牛收场的时候，志愿军后勤部运输部副部长蒋泽民正带着人在一个山沟里拆美国人丢弃的破汽车。

天已经黑了，干部战士们打着手电照亮，在横七竖八的汽车堆里找还能用的零件。

一个战士打开一辆汽车的发动机盖，一只老鼠从里面"噌"地跑了出来，吓了他一跳。定了定神，他用手电向车上一照，发现发动机居然是全新的。他高兴地大喊："我找到个新发动机！"

"有啥稀奇的！"黑暗中传出另一个战士兴奋的声音，"我这儿还发现几个新的备胎呢！"兴奋的喊声不时响起，蒋部长听了心里乐开了花，心想，到山沟里收集美军遗弃的汽车，拆卸汽车零件的办法真不错！

这件事让志愿军后勤部部长周纯全知道了，趁一次检查工作的时候，周部长问蒋泽民："你们拆汽车零件有什么用？"

蒋泽民说："美军丢下这些汽车，看起来破烂不堪，但是发动机都是新的，这些旧车和零件对我们再生汽车大有用处。"

从此以后，收集敌人的汽车、拆卸汽车上的零件成了志愿军后勤部队的一项常务工作。后勤部车管科的干部们再也不为缺少零件发愁了。

运输官兵奋战三江

1951 年 7 月下旬，朝鲜北部连降大雨。倾泻而下的雨水引发山洪，使河水暴涨。浑黄的河水卷着泥沙和冲断的树干汹涌而来，在朝鲜大地上肆虐纵横。所到之处，房塌屋毁，桥断路陷。

这几十年未遇的暴雨，导致山洪暴发，河水漫溢，洪峰最高处达 10 米以上。志愿军后勤物资的主要集散地三登附近一片汪洋，水面与电线杆一样高。仓库、医院、军营及高炮阵地都被水淹了。后方运输线路也遭到严重破坏，205 座公路桥梁和 94 座铁路桥梁被冲垮，路面被冲得七扭八裂，难以通行。

面对这严峻的局势，志愿军后勤司令部带领全体后勤指战员，与铁道兵部队、工程兵部队、高炮部队密切配合，在朝鲜人民的大力支援下，采取抢运、抢修、防空三位一体的方针，展开了反"绞杀战"的战斗。

西清川江、东大同江和东沸流江铁路大桥被毁后，由于敌机昼夜不停地轰炸，加上这些地方地势险要，一时难以修复，致使许多物资积压在了江岸上。

针对严峻的形势，志愿军后勤部提出了"铁路不通用人通，桥断路断运输不能断"的口号。志愿军后勤部司令洪学智和部长周纯全经过商量，决定采取人扛、马

长途抢运

驮、汽车拉的办法，把积压在江边的物资倒运出去。

一声令下，4 个大站的几千名指战员和 5 个汽车团的 1000 多辆汽车都集中到了"三江"边。"三江"附近热闹起来。

兵站里，数千人在忙着装卸物资。所有的火车车厢旁边都站满了人，组成人力传送带，将炒面、弹药、药品、武器等物资直接装上汽车。

公路上，一辆辆汽车排成长龙，在崇山峻岭和美军飞机的炮火中穿行。车窗被打碎了，汽车接着跑；车门被炸飞了，汽车照样一路飞奔。只要汽车还能动，就不停地跑。

山路上，一队队运输兵扛着沉重的物资艰难地前进。那些马都上不去的地方，他们背着 50 多公斤的物资健步如飞。

一个宣传干部看到一个运输兵背了 6 箱炮弹，压得头都抬不起来，还在往山上爬，惊讶地喊："那是谁啊！背了 6 箱子炮弹！马才驮 4 箱，他背 6 箱！"

运输兵夜以继日，一口气倒运走了西清川江桥头的 600 多个火车皮的物资，东大同江边的 1100 多火车皮的物资，东沸流江岸 270 多火车皮的物资。

这件事后来被写入了志愿军战史，并给了一个非常有气势的名字，"倒三江"。

联运司巧妙抢运物资

1951 年，中朝联合运输司令部在反"绞杀战"中发挥了重要作用。

中朝联合运输司令部是在中朝联合司令部领导下，于 1950 年 8 月成立的，当时也叫"联运司"。东北军区副司令员贺晋年为司令员。

为便于朝鲜境内的指挥，"联运司"又成立了前线铁道运输司令部，以刘居英任司令员兼政治委员，负责指挥入朝的铁道兵第一、第二、第三、第四师，连同配属的运输、高炮部队和 5 个新兵团以及朝鲜人民军铁道工程旅。

这两个司令部的成立，为协调铁路上 7 万多人的抢修部队抗击美军"绞杀战"起到了决定性的作用。

刘居英司令员卓有成效地组织运用了这个力量。他使各部队明确了负责的路段，并命令各部队都要确保线路被炸后迅速通车。

铁道兵第一师第一团和朝鲜人民军铁道运输指挥局第十五联队抢修价川至顺川段，援朝铁道工程总队第一大队抢修新安州至万城段，铁道兵第三师两个团抢修万城至肃川仅 10 公里路段。

刘居英还号召铁道兵官兵英勇顽强、机智灵活地与美军飞机拼时间抢速度。全体铁道兵在这个号召的感召下，机智勇敢地战斗在各个工地上。

铁道兵第一师第一团九连在百岭川奋战 76 昼夜，抗击了 26 次大轰炸，全连伤亡 99 人，剩下的 40 人仍然一直坚持按时完成了抢修任务。

铁路军管局有一台机车在行车的时候被美军飞机发现并追着打，车身中弹 300 余处，有一条毛巾上竟有 8 个枪眼，但机车仍然开到了目的地。

铁道兵官兵们不仅凭借人多打人海战术，而且更多地靠科学的态度及时总结经验教训，与美军斗心眼儿，玩花招，创造了一整套抢修抢运的奇招妙法。"片面运输法"就是其中的一个。

为了充分利用有限的通车时间，发挥最大的运输效能，通过更多的列车，铁道兵和铁道运输部门的官兵们创造出一种密集的片面续行运输法，俗称"赶羊过路"。

因为朝鲜北部的铁路基本上是单轨，运输又大多是由北向南，在"绞杀战"中，铁路场站普遍遭到破坏，无法按常规进行火车对开的平衡运输，所以，早在 4 月间铁道兵官兵们就成功地试行了这个方法。

在通车的夜晚，铁道兵官兵们事先把早先装载的军用列车集结在抢修现场附近的一个或几个安全区段内，等待部队抢修。铁路一经修通，列车立即一列紧跟一列向同一方向行驶。各列车之间只相差 5 分钟，首尾相望，鱼贯而行，一列接一列地通过，在黑夜里爬行。

就用这个办法，他们曾在一条单轨铁路上创造了一夜开往前线47列火车的纪录，相当于和平时期行车数的2.5倍。

这个办法也有很大的危险性，一旦在路上遇上美军飞机轰炸，机车不敢开灯，各列车相距又很近，很容易出现后车撞前车的事故。

这当然难不倒聪明的铁道兵官兵。他们又创造了与"片面运输法"配套的"当当队"。

"当当队"就是在每列车的车头车尾布置的传讯人员。他们手执空炮弹壳或其他发声物体，负责瞭望。一旦出现各种情况，他们就按规定信号发出预定的声响。美机临空时，只要他们一"当当"，机车司机立即把烟囱的排气阀拧住，司机也当即停止加煤，以防冒出火光。

与"片面运输"配套的还有"合并运转"、"顶牛过江"等。

还有"抢22时"。因为"绞杀战"中美军飞机轰炸多在22时到24时进行，铁道兵官兵们便抓住空隙，组织列车迅速通过封锁区。

还有诸如"水下桥"、"爬行桥"等战时抢修经验。

在反"绞杀战"的斗争中，铁道兵部队形成和完善了一整套在现代战争环境中进行战时铁路抢修的方法，确定了先通车后加固、先容易后困难、确保重点等原则。抢修的便桥、便线都按简易标准要求，一般能维持3到5天就算完成任务。

长途抢运

这种修复，炸毁，再修复的循环，贯穿战争全过程。

整个战争中，在美军飞机投弹量成倍、成10倍增长的情况下，运输量反而不断提高。如1951年7月美机对铁路的轰炸次数相当于同年1月的5倍，可是7月间的铁路运输量则为1月间的2.3倍；到了1952年1月，美机对铁路轰炸次数相当于1951年1月的63.5倍，可同月朝鲜北部铁路运输量反而增加到1951年1月的2.67倍。

在"绞杀战"最猖獗的10月16日至22日7天中，通过东、西清川江桥的物资即达1947节车皮，其中21日一个夜晚就用"片面运输法"通过西清川江桥490节车皮，创造了入朝以来最高的通车纪录。

至12月底，铁路运输抢运过封锁线的作战物资共达1.5万多节车皮，保证了中朝军队作战的基本需要，使前线各军都有了粮弹储备，有力地保障了前线战斗。

参考资料

《抗美援朝战争纪事》 中国军事博物馆编著 解放军
　　出版社

《抗美援朝的故事》 贺宜等著 启明书局

《抗美援朝战场日记》 李刚著 解放军文艺出版社

《中国人民志愿军征战纪实》 王树增著 解放军文艺
　　出版社

《王平回忆录》 王平著 解放军出版社

《抗美援朝纪实：朝鲜战争备忘录》 胡海波著 黄河
　　出版社

《血与火的较量：抗美援朝纪实》 栾克超著 华艺出
　　版社

《烽火岁月：抗美援朝回忆录》 吴俊泉主编 长征出
　　版社

《伟大的抗美援朝运动》 中国人民抗美援朝总会宣传
　　部编 人民出版社

《开国第一战：抗美援朝战争全景纪实》 双石著 中
　　共党史出版社

《我们见证真相：抗美援朝战争亲历者如是说》 杨凤
　　安 孟照辉 王天成主编 解放军出版社

《志愿军援朝纪实：有关抗美援朝的未解之谜》 李庆

山著　中共党史出版社

《工程兵回忆史料》 解放军历史资料丛书编审委员会
　　编　解放军出版社

《铁道兵回忆史料》 解放军历史资料丛书编审委员会
　　编　解放军出版社